パイパーさんのバス

エリナー・クライマー 作　クルト・ヴィーゼ 絵
小宮 由 訳

【Mr. Piper's Bus】
By Eleanor Clymer
Illustrated by Kurt Wiese

First published in 1961 by Dodd, Mead & Company, New Yoek,
in the United States of America.
Japanese translation rights arranged with the estate
through Tuttle-Mori Agency, Inc., Tokyo.

パイパーさんのバス

もくじ

1　パイパーさんのなやみ

ハイラム・パイパーさんは、バスの運転手《うんてんしゅ》です。パイプをすうのがすきで、せはひくく、ぽっちゃりしていて、いつも、みどり色《いろ》のせいふくをきています。みどり色《いろ》のぼうしの下《した》からは、しらがのぞいていました。

パイパーさんは、一日《いちにち》じゅう、バスを運転《うんてん》して、町《まち》のはしからはしまで、行《い》ったりきたりしています。パイパーさんは、この仕事《しごと》が気《き》にいっていました。町《まち》の人《ひと》たちが、バスにのったり、おりたりするのを見《み》るのが、すきだったからです。

男《おとこ》の人《ひと》が、会社《かいしゃ》へ行《い》こうと、カバンをさげてのってきます。女《おんな》の人《ひと》が、買《か》いものに行《い》こうと、バスにのってきます。パイパーさんは、そんな人《ひと》たちを見《み》るのがすきでした。

なかでも、いちばんすきなのは、バスにのってくる子《こ》どもたちを見《み》ることでした。学校《がっこう》へ行《い》くのに、ランドセルをしょっていたり、公園《こうえん》へ行《い》くのに、ボールやなわとびをもっていたりするのを見《み》ると、しあわせな気持《きも》ちになりました。

おきゃくさんが、バスにのるとき、パイパーさんは、いつも元気《げんき》よく声《こえ》をかけます。

「足《あし》もとにご注意《ちゅうい》ください」

「もうすこし、おつめください。うしろのほうがすいておりまーす！」

パイパーさんは、いつも明《あか》るく、元気《げんき》でした。

ときには運転《うんてん》しながら、歌《うた》をうたうこともありました。パイパーさんがうたえる歌《うた》は、ふたつありました。「セイリング・セイリング」という船《ふね》の歌《うた》と、「かわいいあの子《こ》がやってくる」という汽車《きしゃ》の歌《うた》です。

もちろん、うたうときは、小《ちい》さな声《こえ》でうたいます。運転手《うんてんしゅ》が、大声《おおごえ》でうたいながらバスを走《はし》らせていたら、おきゃくさんは、へんに思《おも》うでしょうから。

ところが、ある日《ひ》をさかいに、明《あか》るく元気《げんき》だったパイパーさんは、気持《きも》ちがしずんで、元気《げんき》がなくなってしまいました。

つかれていたわけではありません。病気《びょうき》だったわけでもありません。ただ、急《きゅう》に、さびしくなったのです。

それはある日《ひ》、バスにのっていた、ふたりの男《おとこ》の子《こ》の話《はなし》をきいてしまったせいでした。ひとりの子《こ》がこういったのです。

「夏休《なつやす》みに、いとこが、カリフォルニアからあそびにくるんだ。そしたら、いっしょに海《うみ》に行《い》くんだ。ピクニックも、キャンプもするんだぜ。いまからわくわくするよ」

この話《はなし》をきいて、パイパーさんは、さびしくなったのでした。

パイパーさんには、いとこがいません。それに、おくさんも、子《こ》どももおらず、たったひとりで住《す》んでいました。しんせきが、あそびにくることもありませんでしたし、ましてや、だれかといっしょにピクニックへ行《い》くこともなかったのです。

パイパーさんは、これまで、ひとりでくらしていることを、まったく気《き》にしていませんでしたが、その日《ひ》からずっと、そればかりを、かんがえるようになってしまいました。

ひるま、バスを運転《うんてん》しているあいだは、へいきでした。大《だい》すきなおきゃくさんたちが、のったりおりたりするのを見《み》ていましたから。でも、仕事《しごと》がおわって家《いえ》にかえると、だれもいないのです。

運転手《うんてんしゅ》のなかまたちが、パイパーさんが元気《げんき》がないのを見《み》て、声《こえ》をかけてきました。

「おい、つかれてるんじゃないか？　休《やす》みでもとったらどうだ？」

そこでパイパーさんは、休《やす》みをもらって、海《うみ》へ行《い》くことにしました。そして、海辺《うみべ》で一週間《いっしゅうかん》、のんびりとすごしましたが、やっぱり、さびしくかんじました。

海《うみ》からもどってきたパイパーさんの顔《かお》は、ますますくらくなっていたのです。

バスのおきゃくさんたちも、パイパーさんのようすに気《き》がついて、ささやきあいました。

「運転手《うんてんしゅ》さんったら、まえはあんなに明《あか》るく元気《げんき》だったのに、いったい、どうしたのかしら？」

パイパーさんのさびしいと思《おも》う気持《きも》ちは、日《ひ》をおうごとに強《つよ》くなりました。そして、そんなパイパーさんを気《き》にかけてくれる人《ひと》は、しだいに少《すく》なくなっていきました。

パイパーさんは、アパートの小《ちい》さな部屋《へや》にくらしていました。あさ、ひとりでごはんをたべ、おさらをあらいます。ゆうがた、家《いえ》にかえると、ごはんをつくって、ひとりでたべ、またおさらをあらいます。そして、ねる時間《じかん》まで、テレビを見《み》ます。家《いえ》では、いつもそのくりかえしでした。

バスを運転《うんてん》しているときは、のってくるおきゃくさんたちを見《み》て、思《おも》いました。

「あの人《ひと》も、この人《ひと》も、まいにち見《み》てはいるけれど、じつのところ、みんなのことなんて、なんにも知《し》らないんだ」
そうして、パイパーさんは、ますますさびしくなるのでした。

ところがとつぜん、パイパーさんの生活《せいかつ》が、がらりとかわることがおこりました。

ある日《ひ》のゆうがた、パイパーさんが仕事《しごと》をおえて家《いえ》にむかっていると、茶色《ちゃいろ》い子犬《こいぬ》が、通《とお》りを走《はし》っているのを見《み》かけました。子犬《こいぬ》は、くびわをつけておらず、あっちの家《いえ》に行《い》ったり、こっちの家《いえ》に行《い》ったり、通《とお》りかかる人《ひと》にかけよったりしています。まるで「ぼくのうち、知《し》りませんか？」と、たずねまわっているようでした。

パイパーさんは、子犬《こいぬ》に声《こえ》をかけました。
「こんばんは、まいごかい？」
子犬《こいぬ》は「ワン！」とほえ、ふとくてみじかいしっぽをふりました。

それから、パイパーさんのまわりをぐるぐるまわり、パイパーさんが歩《ある》きだすと、そのままあとをついてきました。

パイパーさんは、立《た》ちどまっていいました。

「おい、おい。ついてこい、なんていってないぞ」

子犬《こいぬ》は、まるできいていないようで、パイパーさんが、アパートのかいだんをのぼり、部屋《へや》にはいっても、そのままついてきました。そして、部屋《へや》のなかを走《はし》りまわり、あちこちにおいをかぐと、そのうち、ゆかにねそべって、ねむってしまいました。

ところが、パイパーさんが、ばんごはんのしたくをおえると、子犬《こいぬ》は、パチッと目《め》をさましました。

「はらがへってるのかい？」と、パイパーさんはききました。

「ワン！」子犬《こいぬ》は、ちんちんをして、まえ足《あし》をパタパタふりました。

子犬《こいぬ》は、パイパーさんからシチューをもらうと、がつがつとたべ、おさらまでぺろぺろとなめまわしました。そして、パイパーさんがソファにすわると、その足《あし》にあごをのせ、またねむってしまいました。

つぎの日《ひ》のあさ、パイパーさんが、仕事《しごと》へでかけようとげんかんをでると、子《こ》犬《いぬ》は、ドアのまえにすわって、いってらっしゃいと、しっぽをふっています。

「わたしは行《い》くがね、おまえは、どうするつもりだい？」パイパーさんは、そういいのこして、でかけていきました。

ゆうがた、パイパーさんがかえってくると、子犬《こいぬ》は、アパートのまえでまっていました。パイパーさんを見《み》つけると、子犬《こいぬ》は、パイパーさんのまわりをとんだりはねたりしました。

「だれかが家《いえ》でまっててくれるって、いいもんだな」と、パイパーさんは思《おも》いました。「おまえは元気《げんき》がいいな。よし、バスターとよぶか。バスターってのは、元気《げんき》がいいやつって意味《いみ》なんだぞ」

ところが、アパートの大家《おおや》のおかみさんは、犬《いぬ》がきらいでした。子犬《こいぬ》を見《み》つけると、パイパーさんの部屋《へや》にやってきて、いいました。

「うちのアパートで、犬《いぬ》をかってはいけません！」

「ですが、バスターはのら犬《いぬ》で、ほかに家《いえ》がないんです。おいだすわけにもいかないし……。だれにもめいわくをかけませんから」と、パイパーさんはいいました。

たしかにバスターは、だれにもめいわくをかけませんでした。ぎょうぎがよくて、かしこかったのです。

パイパーさんは、あさごはんのまえと、ばんごはんのあとに、バスターをさんぽへつれていきました。

パイパーさんが仕事《しごと》にでかけているあいだは、となりの部屋《へや》にすむ男《おとこ》の子《こ》が、バスターを外《そと》へつれだしてくれました。パイパーさんが家《いえ》にいるときは、バスターは、ねているか、部屋《へや》のまどから、通《とお》りを歩《ある》く人《ひと》たちをながめていました。

ところが、また、パイパーさんに、あることがおこりました。

ある日《ひ》、パイパーさんが家《いえ》にかえってくると、部屋《へや》のカーペットの上《うえ》に、ねこがすわっていたのです。毛《け》は、はい色《いろ》で、足《あし》のさきだけが白《しろ》い、メスねこでした。

「おや？　こんばんは、ねこのおくさん」と、パイパーさんはいいました。「きみは、どこからきたのかな？」

もちろん、はい色《いろ》のねこは、なにもこたえません。ただグルグルとのどをならしながら、パイパーさんの足《あし》に、からだをこすりつけてきました。

「バスターがドアをあけたのかな？　それとも、まどからはいってきたのかい？」

と、パイパーさんがきくと、ねこは、

「ニャーオ」と、こたえました。

ねこは、ばんごはんをたべると、そのあと、パイパーさんのひざにのって、そのままねむってしまいました。

ところが、大家《おおや》のおかみさんは、ねこもきらいでした。

「うちのアパートで、ねこをかってはいけません！」と、大家《おおや》のおかみさんはいいました。

「わかりました。もらいさきを見《み》つけるまでの、ちょっとのあいだだけですから」

「ずるずると、かいつづけないでくださいよ」大家《おおや》のおかみさんは、おこりながらいいました。

パイパーさんは、会社《かいしゃ》のなかまに、白《しろ》い足《あし》をした、はい色《いろ》のねこをかわないかと、きいてまわりましたが、だれももらってくれません。ですから、ねこも、家《いえ》においておくほかありませんでした。

でも、家《いえ》にかえったとき、バスターと、ねこのおくさんが、部屋《へや》のドアのまえで、でむかえてくれるのは、なんともすてきなことでした。

パイパーさんは、キャットフードと、ドッグフードのカンをあけながらかんがえました。

「わたしがいなかったら、この子《こ》たちは、どうなるだろう？ それに、この子《こ》たちがいなくなったら、わたしがどうなる？」

すると、またまた、パイパーさんに、あることがおこりました。

ある日《ひ》のこと、パイパーさんのバスに、ふたりの女《おんな》の子《こ》がのってきました。手《て》にバスケットをさげている子《こ》が、もうひとりの子《こ》にいいました。

「このバスケットに、ひよこが二《に》わ、はいってるんだ。先生《せんせい》に見《み》せてあげようと思《おも》って」

「見《み》てもいい？」と、もうひとりの女《おんな》の子《こ》がいいました。

ふたりは、バスケットのふたをあけて、のぞきこみました。

「わぁ、かわいい！　ちっちゃいね！」

「チャボのひななの」

ちょうどそのとき、バスが、ガタン！　とゆれました。そのいきおいで、女《おんな》の子《こ》はバスケットをおとし、ひよこがとびだしてしまいました。一《いち》わは、つかまえましたが、もう一《いち》わが見《み》つかりません。でも、バスが学校《がっこう》のまえについてしまったので、ふたりは、そのままおりていきました。

そんなことがあったとは、まったく知《し》らずに、パイパーさんは仕事《しごと》をおえて、車庫《しゃこ》につきました。すると、ざせきの下《した》から、「ピー、ピー！」という、小《ちい》さななき声《ごえ》がしました。なんだろうと思《おも》って、かがみこみ、ざせきの下《した》をさぐってみると、ふわふわしたものが手《て》にあたりました。そっとつかんでひっぱりだすと、なんとそれは、黄色《きいろ》いボールのような、ひよこでした。

「おや？　こんなところで、なにしてるんだい？　ここは、きみのいるようなところじゃないぞ」

ひよこは、小《ちい》さなくちばしで、パイパーさんのゆびを、ちょんちょんとつつき、それからまた、「ピー、ピー！」と、なきました。

パイパーさんは、ひよこをやさしくコートのポケットにいれて、家《いえ》へかえりました。

パイパーさんは、バスターとねこのおくさんに、ひよこを見《み》せながらいいました。「みんな、ともだちだよ。そうだな、この子《こ》はこれから、ちびのマック、とよぼう。なかよくしておくれ」

パイパーさんは、だんボールばこで、マックの家《いえ》をつくってやると、パンくずと、ぎゅうにゅう、それから、レタスとりんごをすこしずつやりました。
マックは、元気《げんき》にそだっていきましたが、そんなに大《おお》きくはなりませんでした。チャボだったからです。チャボは、あまり大《おお》きくならないにわとりなのです。それでも、すこしずつはねがのびはじめ、りっぱな赤《あか》いとさかもはえてきました。
よる、パイパーさんが、テレビのまえのいすにこしかけると、マックは、いすのせもたれにとびあがってとまり、バスターは、パイパーさんの足《あし》もとにねそべり、ねこのおくさんは、パイパーさんのひざの上《うえ》でねむりました。

パイパーさんは、いまや、ちっともさびしくなんかありません！　さびしいどころか、とてもしあわせだったのです。

「この子《こ》たちには、わたしがひつようだ。そして、わたしには、この子《こ》たちがひつようなんだ！」パイパーさんは、いつもそうかんがえるのでした。

大家《おおや》のおかみさんは、パイパーさんの部屋《へや》に、にわとりがいるのに気《き》づくと、かんかんになってどなりこんできました。

「うちのアパートで、にわとりをかってはいけません！」

「ですが、マックは、だれにもめいわくをかけていません」と、パイパーさんはいいました。

「だめなものは、だめです！」大家《おおや》のおかみさんは、きく耳《みみ》をもちませんでした。

そこでパイパーさんは、にわとりをもらってくれる家《いえ》も見《み》つけます、とやくそくしました。

ところが、そうしようと思《おも》っているあいだにどんどん日《ひ》がたち、あるあさ、こまったことがおこりました。

「コケコッコー!」

パイパーさんは、こんな大《おお》きな声《こえ》で目《め》をさましたのです。

ちびのマックは、いまや一人前《いちにんまえ》のおんどりになっていました。それで一人前《いちにんまえ》のおんどりのすることといえば、やっぱり、あさがきたとおしえることでした。

パイパーさんは、ベッドからとびおきると、声《こえ》をおさえて、マックにいいました。

「しずかに!　大家《おおや》のおかみさんにきこえちまう!」

「コケコッコー!」マックは、おかまいなしになきつづけました。

大家《おおや》のおかみさんが、すぐにパイパーさんの部屋《へや》にやってきて、ドアをノックしました。

パイパーさんがドアをあけると、大家《おおや》のおかみさんは、りょう手《て》をこしにあて、それはそれはおそろしい顔《かお》で立《た》っていました。

「いったいなにごとです？　うちのアパートで、おんどりをかってはいけません！　もうがまんできない。あなたには、いますぐにでも、でていってもらいます！」と、大家《おおや》のおかみさんはいいました。

「し、しかし、急《きゅう》にいわれても、行《い》くあてなんて……」

「動物園《どうぶつえん》にでも行《い》けばいいんですよ！」

「ちょっとまってください！　せめて、あと何日《なんにち》かください。いますぐ、にもつをまとめてひっこすなんて、むりですよ。これから仕事《しごと》に行《い》かないと、会社《かいしゃ》をくびになっちゃいます」

「わかりました。じゃあ、あと二日《ふつか》あげましょう。それいじょうは、だめですよ」大家《おおや》のおかみさんは、そういって、かえっていきました。

パイパーさんは、パジャマをきかえ、動物《どうぶつ》たちにえさをやりました。

「でていくったって、どこへ行《い》けばいいんだ？　やっぱり、動物《どうぶつ》たちをだれかにあげなきゃならないだろうか？　でも、だれがもらってくれる？」

パイパーさんは、しずんだ気持《きも》ちのまま、仕事《しごと》にでかけました。そして、もういちど、なかまの運転手《うんてんしゅ》に、たのんでまわりましたが、犬《いぬ》も、ねこも、にわとりも、もらってくれる人《ひと》は、ひと

りもいませんでした。

五時《ごじ》になって仕事《しごと》がおわると、パイパーさんは、いそいで家《いえ》にかえりました。するると、部屋《へや》のなかで、「ミャー、ミャー、ミャー」という、ききなれないなき声《ごえ》がしました。

ねこのおくさんが、ほこらしげな顔《かお》で、グルグルとのどをならしながら、パイパーさんを見《み》あげています。

なんと、ねこのおくさんが、子《こ》ねこをうんでいたのです！　それも三《さん》びきも！

パイパーさんは、うめくようにいいました。

「ど、どうしよう！　万事休《ばんじきゅう》すだ……。いったい、これから、どうすればいいんだ！」

2　パイパーさん、いいことを思《おも》いつく

その日《ひ》のよる、パイパーさんは、テレビのまえにすわっていました。いろいろしんぱいなことばかりだったので、テレビを見《み》ているようで見《み》てはいませんでした。
ところが、画面《がめん》にあるものがうつったしゅんかん、パイパーさんの目《め》は、テレビにくぎづけになりました。
うつったのは、どこかの農家《のうか》でした。農夫《のうふ》が、納屋《なや》のほうへ歩《ある》いていき、そのあとを犬《いぬ》とねこがついていっています。庭《にわ》では、にわとりたちが地面《じめん》をつついていました。
「これだ！」パイパーさんは、さけびました。「おまえたちを農家《のうか》へつれていって、かってもらえばい

いんだ。さびしくなるが、しかたがない。ひとりになっても、まえみたいになんとかやっていくさ……」

つぎの日《ひ》のあさ、パイパーさんは、バス会社《がいしゃ》の社長《しゃちょう》のところへ行《い》って、いいました。

「すみませんが、休《やす》みを一週間《いっしゅうかん》ください」

「休《やす》みなら、このまえ、とったばかりじゃないか」と、社長《しゃちょう》はいいました。

「そうですが、大事《だいじ》な用《よう》がありまして……。どうしても、またいただきたいのです」

「休《やす》んだばかりなのに、すぐにまた、というわけにはいかん」

「ですが、きんきゅうじたいなんです。もし、休《やす》みがもらえなければ、仕事《しごと》をやめなくてはなりません」

「なにか、家庭《かてい》のもんだいなのかね？」

「ええ、じつはそうなんです」

「うーむ、じゃあ、しかたない。とくべつにみとめよう」

話《はな》しあいがおわると、パイパーさんは、いそいで家《いえ》にかえりました。

つぎのもんだいは、どうやって動物《どうぶつ》たちを農家《のうか》へつれていくかです。それに、どこの農家《のうか》へ行《い》けばいいのでしょう？　パイパーさんは、なにもあてがなかったのです。

「まずは、動物《どうぶつ》たちをのせる車《くるま》を手《て》にいれなくては。ちょうどいい中古車《ちゅうこしゃ》がないか、見《み》にいってみよう」

パイパーさんは、銀行《ぎんこう》へ行《い》って、いままでためてきたお金《かね》をおろすと、中古車《ちゅうこしゃ》やさんへ行《い》きました。そして、広《ひろ》いしきちにならべられた、たくさんの車《くるま》を見《み》てまわりました。どの車《くるま》も大《おお》きすぎたり、小《ちい》さすぎたり、さもなければ、ねだんが高《たか》すぎたり……。

しきちのおくのはじっこに、古《ふる》いみどり色《いろ》のバスがありました。あちこちにきずのついた、さびだらけの小《ちい》さなバスでしたが、パイパーさんは、ひと目《め》で気《き》にいりました。

「そうだ。いちばんいいのは、バスにきまってる。なんといっても、わたしは、バスの運転手《うんてんしゅ》なのだから。こいつがそんなに高《たか》くなくて、ちゃんと走《はし》れば、わたしにぴったりだ」

バスは、パイパーさんが買《か》えるねだんでした。ためしに、ちかくを走《はし》らせてもらい、そのあと、バスのボンネットをあけて、エンジンを見《み》たり、あちこちをコンコンとたたいたりしました。

「よし、こいつにきめた」

パイパーさんは、バスにのって家《いえ》にかえりました。アパートのまえに、とつぜん、みどり色《いろ》のバスがとまったので、近所《きんじょ》の人《ひと》たちは、びっくりしました。でも、パイパーさんは、そんなことなどおかまいなしに、げんかんのかいだんをかけあがっていきました。
「みんな、でかけるぞ」パイパーさんは、動物《どうぶつ》たちにいいました。
「ニャオ?」と、ねこのおくさんがいいました。
「そうだよ。おまえさんと、子《こ》ねこたちもだよ。しんぱいしなくていい。みんな、いっしょだから。おまえさんは、でかけるじゅんびをしておくれ」

もちろん、動物《どうぶつ》たちは、じゅんびをすることなど、なにもありません。

パイパーさんは、バッグにきがえをつめました。すると、ふと思《おも》いました。

「これからでかけて、みんなの住《す》む農家《のうか》が一日《いちにち》で見《み》つかるかな？　だめだったら、よる、どこでねればいい？　きっと、どこのホテルも、動物《どうぶつ》たちをとめてくれないだろう。うん、そうだ。まくらと毛布《もうふ》ももっていって、バスのなかでねるとしよう」パイパーさんは、部屋《へや》を見《み》まわしました。

「あと、おりたたみのテーブルと、いすもいるな。もしかすると、どっかの木《こ》かげで、ひといきつきたくなるかもしれないからな」

パイパーさんは、にもつをバスにつみこみました。

「まてよ、そうなると、おさらやポットやフライパンなんかもいるかな？　料理《りょうり》をすることになるかもしれないし」

パイパーさんは、テレビをもっていこうか、なやみました。

「こいつはおいていこう。そもそもコンセントがないし、見《み》ているひまなんてないだろうから」

さいごに、パイパーさんは、運転手《うんてんしゅ》のぼうしを手《て》にとり、ピシッとかぶると、いまきている、みどり色《いろ》のせいふくを見《み》おろしました。

「うん。わたしはやっぱり、バスの運転手《うんてんしゅ》だ」

それから、子《こ》ねこたちをはこにいれ、バスにはこびました。バスターと、ねこのおくさんと、ちびのマックは、パイパーさんについてきました。

パイパーさんは、運転《うんてん》せきにすわりました。あとは、出発《しゅっぱつ》するだけです。

そのとき、大家《おおや》のおかみさんが、走《はし》ってきました。

「いったい、どこへ行《い》くんです？」

「この子《こ》たちの住《す》む家《いえ》をさがしに」と、パイパーさんはこたえました。

「ちゃんともどってきてくださいよ。動物《どうぶつ》さえいなければ、あなたにはいてもらいたいんですから」

「わかってます」

「ワン、ワン！」と、バスターがほえました。

「コケコッコー！」と、マックがなきました。

「ニャオ！」と、ねこのおくさんもなきました。

「ミャー、ミャー、ミャー！」子《こ》ねこたちは、はこのなかで、がさごそしながらなきました。

こうして、パイパーさんのバスは、出発《しゅっぱつ》したのでした。

3　バスのたび

それは、気持《きも》ちのいい夏《なつ》の夕《ゆう》ぐれでした。太陽《たいよう》が赤《あか》くそまり、ビルのあいだから顔《かお》をだしています。通《とお》りを歩《ある》く人《ひと》びとや、まわりを走《はし》る車《くるま》はみな、いえじをいそいでいました。

バスターは、バスのいちばんまえのざせきにすわり、まどから頭《あたま》をだして、外《そと》をながめていました。ねこのおくさんは、そのうしろのざせきにすわり、ちびのマックは、もうひとつうしろのざせきの、せもたれにとまっていました。みんな、ドライブを楽《たの》しんでいるようでした。

いろいろしんぱいしていたパイパーさんも、気持《きも》ちがかるくなってきました。

「これから楽《たの》しくなるぞ」パイパーさんは、動物《どうぶつ》たちにいいました。「いなかに行《い》けば、おまえたちの家《いえ》が見《み》つかるよ。きっと気《き》にいるはずだ」

「ニャーオ!」と、ねこのおくさんはないて、子《こ》ねこたちのいるはこにとびこみました。

「しんぱいないよ。だれも、おまえさんと子《こ》どもたちをひきはなしたりしないさ」と、パイパーさんはいいました。

パイパーさんは、歌《うた》がうたいたくなりました。そこで、「セイリング・セイリング」をうたいだしました。

セイリング　セイリング
海《うみ》へ　でよう
いくたの　あらしが　あろうとも
セイリング　セイリング

わが船《ふね》は
かならず　故郷《こきょう》へ　かえるんだ

パイパーさんは、大《おお》きな声《こえ》でうたいました。これは、パイパーさんのバスですから、どんなに大声《おおごえ》でうたってもいいのです。でも、この歌《うた》は、船《ふね》の歌《うた》です。まわりに海《うみ》なんか、ありません。見《み》ると、ちかくに川《かわ》があり、バスは橋《はし》にさしかかりました。橋《はし》をわたると、広《ひろ》い道《みち》にでました。

どうろわきに、ガソリンスタンドと、レストランがありました。「お食事《しょくじ》」というかんばんがでています。それを見《み》たとたん、パイパーさんは、おなかがへっていることに気《き》がつきました。でかけるじゅんびにむちゅうで、おひるごはんをたべていなかったのです。パイパーさんは、バスをとめました。

「ちょっと、まっててておくれ」パイパーさんは、動物《どうぶつ》たちにいいました。

パイパーさんは、ハンバーガーを三《みっ》つ、ぎゅうにゅう一本《いっぽん》、それからレタスとコーヒーとパイをひとつずつ買《か》って、バスにもどりました。そして、バスのなかでみんなでたべました。

「ちょっと高《たか》くついたな。こんどからは、もっと安《やす》くすませないと」パイパーさんは、ひとりごとをいいました。

つぎにパイパーさんは、スーパーマーケットでバスをとめ、キャットフードとドッグフードのかんづめを買《か》いました。それからパン、チーズ、くだもの、ぎゅうにゅう、ちびのマックには、かんそうさせたトウモロコシのつぶを買《か》いました。

「よし、これだけあれば、じゅうぶんだろう」

パイパーさんは、また出発《しゅっぱつ》しました。スーパーマーケットをあとにすると、やがてあたりは、広《ひろ》い牧草地《ぼくそうち》と、農家《のうか》と納屋《なや》が、ぽつぽつと見《み》えるだけになりました。まさにテレビで見《み》たような、いなかのふうけいでした。

「テレビとちがうのは、このにおいだ。じつにいいかおりだ」

農家《のうか》の人《ひと》たちが、草《くさ》をかっています。木《き》には、りんごの実《み》がなっています。パイパーさんは、ハンドルをきって、よこ道《みち》にはいりました。

太陽《たいよう》がしずもうとしています。西《にし》の空《そら》がピンク色《いろ》にそまり、ながいかげが、目《め》のまえの道《みち》にいくつものびていました。

パイパーさんは、あくびをしました。

「はあ、くたびれた。こんやは、あのりんごの木《き》の下《した》で休《やす》むとしよう」

動物《どうぶつ》たちも、さんせいのようでした。パイパーさんは、りんごの木《き》のちかくにバスをとめ、とびらをあけると、バスターやねこのおくさんを外《そと》へだしてやりました。

「ばんごはんができるまで、さんぽしておいで。でも、あんまりとおくへ行《い》っちゃだめだよ」と、パイパーさんはいいました。

それから、パイパーさんは、ながいひもをとりだして、いっぽうのはしをマックのあしに、もういっぽうのはしをほそい木《き》にむすびつけました。これでマックは、まいごにならずにすみます。マックは、まわりにいる虫《むし》を見《み》つけて、ついばみはじめました。町《まち》そだちのチャボですが、なにがエサかは、ちゃんとこころえているようです。

パイパーさんは、いすとテーブルを外《そと》へはこびだし、スーパーマーケットで買《か》った食料《しょくりょう》ももってきました。マックのまわりには、トウモロコシのつぶを、ひとつかみ、まいてやりました。

ばんごはんをたべおえると、みんなは、しずかにくつろぎました。パイパーさんは、パイプをふかし、バスターは、パイパーさんの足《あし》もとにねそべり、マックは、りんごの木《き》のえだにとまり、ねこのおくさんは、パイパーさんのひざにすわりました。家《いえ》ですごしているのと、まったくかわりません。

空《そら》が、ふかい青色《あおいろ》にかわり、しだいにくらくなってきました。星《ほし》がまたたき、月《つき》あかりがさしています。コオロギがなき、フクロウがホーホーといいだすと、ねこのおくさんは、子《こ》ねこたちに、おちちをのませようと、バスにはいっていきました。

パイパーさんも、もうねようと、バスにもどりました。すると、いいことを思《おも》いつきました。

「そうだ、なにもバスのなかでねることはない。外《そと》でねたらどうだろう？　いまは、よるでもあたたかいし、雨《あめ》がふるようすもないし」

パイパーさんは、毛布《もうふ》を外《そと》へもちだして、りんごの木《き》の下《した》にしくと、そのままよこになりました。

バスターがやってきて、パイパーさんの足《あし》もとでまるくなりました。風《かぜ》が、さらさらと木《こ》の葉《は》をゆらしています。

「こいつは、気持《きも》ちがいい！」パイパーさんはそういうと、すぐにねむってしまいました。

4　バスターにぴったりな家《いえ》

「コケコッコー!」

あさになり、パイパーさんは、目《め》をさますと、からだをおこし、ベッドからおりようとしました。

「ん?　ここは、どこだ?」

ねていたのは、ベッドではなく、草《くさ》の上《うえ》でした。頭《あたま》の上《うえ》に見《み》えるのは、てんじょうではなく、葉《は》のおいしげった木《き》でした。それに目《め》ざまし時計《どけい》がなっているのではなく、ちびのマックが木《き》のえだにとまってないていたのです。

「モー!」

ちかくで、べつの声《こえ》がしました。

ふりむくと、なんと、すぐちかくに、白《しろ》と黒《くろ》のまだらもようの牛《うし》が立《た》っていました。大《おお》きな黒《くろ》い目《め》で、パイパーさんをじっと見《み》つめています。バスターは、とびあがって、ほえだしました。

「シッ！　バスター、しずかに。こいつは牛《うし》だ」パイパーさんはそういうと、こんどは、牛《うし》にむかっていいました。「バスターは、町《まち》そだちの犬《いぬ》なんで、おまえさんのような牛《うし》を見《み》たことがないんだ。さて、おまえさんは、どこからきたのかな？」

「モー！」と、また牛《うし》がなきました。見《み》ると、牛《うし》のおちちがパンパンにはっています。パイパーさんは、牛《うし》に

はくわしくありませんでしたが、きっと、おちちをしぼってほしいのだな、と思《おも》いました。

「うーん、でもなあ、わたしは、ちちしぼりをしたことがないんだ。どうしておまえさんは、じぶんのうちにかえらないんだい?」

「モーーーー!」

パイパーさんは、くつをはき、ちかくの小高《こだか》い丘《おか》にのぼってみました。すると、丘《おか》のむこうがわに、一《いっ》けんの農家《のうか》が見《み》えました。

パイパーさんは、牛《うし》にむかっていいました。

「おまえさんのうちは、きっとあそこだね? だが、どうやって、あそこまでつれていったらいいだろう」

「ワンワン!」

そのときとつぜん、バスターがほえ、牛《うし》にちかづくと、牛《うし》の足《あし》をかみました。かんだといっても、ほんのかるくです。すると、牛《うし》は、農家《のうか》にむかって歩《ある》きだしました。

「おお、バスター！　おまえは、なんてかしこいんだ！　牛《うし》にいうことをきかせるなんて」

牛《うし》は、バスターにおわれながら、ゆっくりと丘《おか》をくだり、農家《のうか》の納屋《なや》へむかっていきました。パイパーさんも、ついていきました。

納屋《なや》にちかづくと、ちょうどひとりの農夫《のうふ》がでてきました。

「あの、この牛《うし》は、こちらのでしょうか？」と、パイパーさんはききました。

「あれ！　そうです。わざわざつれてきてくれて、ありがとうございます。こいつ、どこにいたんです？」と、農夫《のうふ》はいいました。

「わたしは、ゆうべ、丘《おか》のむこうでキャンプをしたんですが、あさ、おきたら、この牛《うし》がちかくにいましてね。きっとわたしたちが、なにをしているのか、気《き》になったのでしょう。それで、きっとこちらの牛《うし》だろうと思《おも》って、犬《いぬ》といっしょに、ここまでつれてきたんです」

「それはどうも。どうです? おれいに、しぼりたてのぎゅうにゅうをのんでいかれませんか?」
パイパーさんは、よろこびました。しぼったばかりのぎゅうにゅうは、あたたかくて、とてもいいかおりでした。
ここは、すてきな農家《のうか》のようです。どこもおちついたふんいきで、いろいろな動物《どうぶつ》たちの声《こえ》がきこえてきました。
庭《にわ》では、にわとりがコッコッコッ、ぶたがブヒブヒブヒ、とないていて、池《いけ》では、あひるがしっぽをふりながらおよぎ、納屋《なや》からねこがでてきたと思《おも》ったら、あとから子《こ》ねこが二《に》ひきついてきました。でも、犬《いぬ》は、どこにも見《み》あたりませんでした。

そのとき、パイパーさんはひらめきました。

「そうだ！　ここは、バスターにぴったりの家《いえ》じゃないだろうか？」

パイパーさんは、これほどはやく、バスターとわかれるつもりはありませんでしたが、こんなチャンスは、めったにあるものではありません。

パイパーさんは、農夫《のうふ》にきいてみました。

「あのう、こちらでは、犬《いぬ》がひつようではありませんか？　この犬《いぬ》は、名《な》まえが、バスターというんですが、この子《こ》をもらってくれる家《いえ》をさがしてまして……」

農夫《のうふ》は、いっしゅんおどろいた顔《かお》をしましたが、すぐにいいました。

「ああ、ええ。たしかに。ちょうどいま、うちにいないもんで」

「この犬《いぬ》は、町《まち》そだちですが、とてもかしこいんですよ」と、パイパーさんはいいました。

「でしょうな。牛《うし》をここまでおってきたわけだから。きっとくんれんするのも楽《らく》でしょう」

バスターは、ふたりが、じぶんのことを話《はな》しているのだとわかり、ほこらしそうにしっぽをふりながら、「ワン！」と、ほえました。

「おお、わかった、わかった」農夫《のうふ》は、バスターの頭《あたま》をなでながらそういうと、パイパーさんにいいました。「では、この子《こ》をひきとりましょう。ほんとうに手《て》ばなすおつもりですな？」

「ええ、じつのところは、手《て》ばなしたくないんですが、そうしなくてはならなくて。わたしの住《す》んでいるアパートでは、この子《こ》をかえないものですから」

農夫《のうふ》は、こくりとうなずくと、おくさんをよびました。

「おい、おまえ！　あたらしい犬《いぬ》だ！　なかにいれて、えさをやってくれ。名《な》まえは、バスターだ」

すると、農家《のうか》の勝手口《かってぐち》から、おくさんの声《こえ》がきこえました。

「バスター、おいで！」

バスターはよろこんで、勝手口《かってぐち》へとびこんでいきました。パイパーさんは、それを見《み》とどけると、丘《おか》のほうへ歩《ある》きだし、ふりかえらずにいいました。

「どうか、よろしくたのみます」

パイパーさんは、バスへいそぎました。そして、マックと、ねこのおくさんと、子《こ》ねこたち、そのほかバスの外《そと》にだしたものを手《て》ばやくバスにつみこむと、エンジンをかけました。バスターが、みんながいなくなってしまったことに気《き》がつくまえに、出発《しゅっぱつ》したかったのです。

「ニャオ！」ねこのおくさんは、なきながら、バスの通路《つうろ》を行《い》ったりきたりして、ぜんぶのざせきを見《み》てまわっていました。それからまた、「ニャオ！」と、なきました。

「バスターをさがしてるのかい？」パイパーさんは、そういいながら、アクセルをふんで、バスを走《はし》らせました。「バスターにはね、すてきな家《いえ》が見《み》つかったんだよ。きっとあそこで、しあわせにくらすだろう。しんぱいしなくてもだいじょうぶだ」

そうはいったものの、いちばんしんぱいだったのは、パイパーさんでした。

「ああ、バスターがいない！　あさ、わたしの顔《かお》をなめて、おこしてくれる、あの子犬《こいぬ》がもういない！　ゆうがた、家《いえ》にかえると、うれしそうにとびはねてくれる、あのバスターが！　わたしがいないことに気《き》づいたら、バスターはどう思《おも》うだろう？　わたしが、バスターのことをきらいになったんだって、そう思《おも》うだろうか！」

パイパーさんは、そんなことをかんがえると、目《め》になみだがこみあげてきました。おかげで、いったんバスをとめ、なみだをふいて、はなをかまなくてはなりませんでした。

パイパーさんは、さいごにもういちど、チン！　と、はなをかむと、サイドミラーをのぞきました。すると、道《みち》のとおくのほうに、小《ちい》さなすなけむりがあがっているのが見《み》えました。すなけむりは、どんどんこちらへちかづいてきます。

「いったい、なんだろう？　ほかの車《くるま》かな？」

パイパーさんは、アクセルをふみました。

「いや、もうふりかえるまい」

パイパーさんは、またバスを走《はし》らせました。でも、どうしても、さっきのすなけむりが気《き》になりました。パイパーさんは、ふたたびサイドミラーをのぞきました。

すると、それはもう、ただのすなけむりではありませんでした。すなけむりのなかに、茶色《ちゃいろ》いものが見《み》えたのです。犬《いぬ》です！　耳《みみ》をパタパタなびかせ、したをだしながら、もうスピードで走《はし》ってくる犬《いぬ》のすがたです。

「バスター！」

パイパーさんは、急《きゅう》ブレーキをかけてバスをとめると、ドアをあけました。バスターは、いきおいよくドアのステップをかけあがると、パイパーさんのひざにとびのってきました。そして、はないきあらく、パイパーさんの顔《かお》じゅうをペロペロとなめはじめました。

バスターは、まるで、こういっているかのようでした。

「よかった！　見《み》つけた！　ぼくがいなくなったと思《おも》ったんでしょう？　でも、だいじょうぶ！　ぼくは、いつだって、あなたを見《み》つけだしますよ！」

バスターは、パイパーさんのひざの上《うえ》で、ピョンピョンとびはねているうちに、ゆかにおっこちてしまいました。ですが、すぐにまたとびのってきました。

「ああ、びっくりした。あの家《いえ》で一生《いっしょう》くらすことになるのかと思《おも》いましたよ！」

バスターは、そんなことをいいたげな顔《かお》をしていました。

「さて、あの農夫《のうふ》は、どう思《おも》うだろう？」パイパーさんは、バスターにききました。

でも、バスターは、そんなことなど、気《き》にするようすもなく、また、パイパーさんの顔《かお》をなめだしました。

「おいおい。ちょっとやめて、おきき」と、パイパーさんがいうと、バスターは、「キャンキャン」と、こたえました。

そこへ、ねこのおくさんがやってきて、バスターのはなをペロペロとなめました。それはまるで、「つぎからは気《き》をつけなさい。もうすこしで、おいていかれるところだったのよ」と、いっているみたいでした。

パイパーさんはいいました。

「おまえはあそこで、牛《うし》をおいかけているほうが、ずっとしあわせだったと思《おも》うよ。まあ、そうはいっても、おまえは町《まち》そだちの犬《いぬ》だ。しかたない。町《まち》へもどったら、また、べつの家《いえ》をさがしてやろう」

5　ねこのおくさんと、子《こ》ねこたちにぴったりな家《いえ》

パイパーさんは、一日《いちにち》じゅうバスを走《はし》らせました。

バスターが、バスのいちばんまえのざせきにすわり、まどから頭《あたま》をだして、風《かぜ》に耳《みみ》をパタパタさせています。パイパーさんは、思《おも》わずにっこりしました。

バスターがもどってきてくれて、とてもうれしかったのです。

「しかし、ねこのおくさんと、子《こ》ねこたちには、家《いえ》を見《み》つけてやらなくては。ねこたちが、いなかぐらしを気《き》にいってくれるといいんだが」パイパーさんは、ひとりごとをいいました。

ゆうがた、パイパーさんが、ばんごはんのしたくをしているあいだ、ねこのおくさんは、どこかへでかけていきました。そして、しばらくすると、まる

まるとふとったねずみをくわえてもどってきました。ねこのおくさんは、パイパーさんの足《あし》もとに、「どうぞ」というように、ドサッとねずみをおろしました。

「どうもありがとう」と、パイパーさんはいいました。「だが、またこんど、いただくよ。きょうは、おまえがとっておきなさい」

パイパーさんは、思《おも》いました。

「こんなふうにねずみがとれるんだから、農《のう》家《か》の人《ひと》は、よろこぶと思《おも》うんだがなあ」

つぎの日《ひ》のあさ、パイパーさんは、ねこのおくさんと、子《こ》ねこたちにぴったりな家《いえ》はないかと、バスを走《はし》らせながら、さがしはじめ

ました。すると、広《ひろ》い庭《にわ》のある、赤《あか》いやねの農家《のうか》を見《み》つけました。

「うん、見《み》たところ、よさそうだ。おまえさんも気《き》にいるんじゃないかな」パイパーさんは、ねこのおくさんにいいました。

パイパーさんは、バスからおり、その家《いえ》のおくさんに、ねこをもらってくれないか、ときいてみました。

農家《のうか》のおくさんは、首《くび》をよこにふりました。

「ごめんよ。うちにはもう、はははねこが一《いっ》ぴきと、大《おお》きくなった子《こ》ねこが二《に》ひき、まだちっちゃい子《こ》ねこが三《さん》びきもいるんだ」

つぎにたずねた農家《のうか》には、かわいい小《ちい》さな女《おんな》の子《こ》がいました。女《おんな》の子《こ》は、ねこのおくさんと、三《さん》びきの子《こ》ねこをもらいたい、といってくれました。そして、子《こ》ねこをかかえて、家《いえ》のなかにはいっていくと、すぐに女《おんな》の子《こ》のおかあさんがでてきました。

「サリー！　あんた、わかってるでしょ？　うちにはもう、ねこが三《さん》びきいるって。いっつもいってるわよね？　ねこは、もううんざりだって！」

「そうしましたら、やっぱりあれですか、ほかの家《いえ》をさがしたほうがよさそうですね？」パイパーさんは、おずおずとたずねました。

「市《いち》にもっていったらいかがです？」と、サリーのおかあさんはいいました。「いま、となり村《むら》で、ちょうど市《いち》が立《た》ってますよ。そこでよく、もらい手《て》をさがしている人《ひと》がねこをつれてきたり、ねこももらわれたりしてますから」

そこでパイパーさんは、バスを走《はし》らせ、となり村《むら》へ行《い》ってみました。あちこちに、きれいな旗《はた》がかざられ、出店《でみせ》などのテントがいくつもならんでいます。市《いち》のまんなかには、メリーゴーラウンドもありました。

たくさんの人《ひと》が、市《いち》で売《う》ろうと、家畜《かちく》ややさい、くだものや手作《てづく》りのパイ、キルトの毛布《もうふ》などをトラックからおろしていました。それに、サリーのおかあさんがいっていたとおり、なかには、子犬《こいぬ》や子《こ》ねこをつれてきている人《ひと》もいました。

パイパーさんも、ちゅうしゃじょうにバスをとめました。そして、子《こ》ねこたち

のはこに、ねこのおくさんもいれると、それをかかえて、子犬《こいぬ》や子《こ》ねこをつれてきた人《ひと》たちについていきました。

テントのひとつに、うけつけがありました。うけつけの女《おんな》の人《ひと》は、パイパーさんがもってきたはこを見《み》ると、いっしゅん、顔《かお》をしかめました。

「かわいい子《こ》ねこちゃんだこと。でも、ははねこもいっしょなんですね。子《こ》ねこだけなら、すぐにもらい手《て》も見《み》つかるでしょうけど……。まあともかく、はこごと、ここにおいていってくださいい。だれかがもらってくれるかもしれませんから。そのあいだ、市《いち》をまわってきたらいかがです？　もどってこられたときに、だれかがほしいといってきていたら、お知《し》らせします」

パイパーさんは、はこをおろすと、ねこのおくさんの頭《あたま》をなでました。

「いいかい？　だれかきたら、のどをゴロゴロならして、できるだけあいそよくするんだよ。そしたら、きっとだれかが、子《こ》ねこといっしょにおまえももらってくれるから」パイパーさんは、そういうと、できるだけさりげなく、その場《ば》からはなれました。

パイパーさんは、ねこたちのことをかんがえないように、いろいろなケーキやパイを見《み》てまわりました。

「はらがへっていれば、どれもおいしそうに見《み》えるんだろうが……」と、パイパーさんはひとりごとをいいました。

そこで、あとでおなかがすいたときのために、パイをひとつと、クッキーをいくつか買《か》いました。それから、かんらんしゃにものってみましたが、すこしも楽《たの》しめませんでした。

パイパーさんは、ねこのおくさんと子《こ》ねこたちを、こんな知《し》らない人《ひと》だらけのところにおいてきてしまってよかったのだろうか、とこうかいしはじめました。そして、とうとういてもたってもいられなくなり、ねこたちがどうしているか、もどってみることにしました。

さっきのテントに行《い》ってみると、どうでしょう！　なんと、ねこたちは、いなくなっていました。はこは、からっぽだったのです。

うけつけの女《おんな》の人《ひと》が、パイパーさんに気《き》がつくと、いいました。

「まあ、きっと、だれかがつれていったんでしょうね。だれも声《こえ》をかけてくれなかったんですけど、でも、ほら、もういませんから」

「そうですか……」と、パイパーさんはいいました。「いい人《ひと》にもらわれたならいいんですけど。ああ、どうか、たっしゃでくらしておくれ」

パイパーさんは、かなしい気持《きも》ちで、バスへもどっていきました。

ちゅうしゃじょうにつくと、バスのドアがあいていました。

「おかしいな。しめといたはずなんだが。だれか、はいったのかな？」

でも、バスのなかは、でかけたときと、かわりありませんでした。バスターと、マックは、パイパーさんを見《み》て、すぐにかけよってきました。

「いいものを買《か》ってきたよ」パイパーさんはそういって、二《に》ひきにクッキーをやりました。

それから、バスのエンジンをかけ、ちゅうしゃじょうをでようと、バッ

クしはじめた、ちょうどそのとき、バスのなかで、「ニャオ！」という声《こえ》がしました。

ふりかえると、ねこのおくさんがバスの通路《つうろ》を歩《ある》いているではありませんか！

「お、おまえ！　どうやってもどってきたんだ？」パイパーさんは、急《きゅう》ブレーキをかけていいました。「だれがとびらをあけたんだい？　子《こ》ねこたちは？」

するとそのとき、バスのうしろのほうから、「ミャー！　ミャー！　ミャー！　ミャオ！」という、小《ちい》さな声《こえ》がきこえました。パイパーさんは、運転《うんてん》せきから立《た》ちあがり、声《こえ》のするほうへ行《い》ってみました。

子《こ》ねこたちは、ざせきの下《した》にいました。きっと、ねこのおくさんが、くわえてはこんできたのです。それも一《いっ》ぴきずつ、あのごみごみとした市《いち》のなかを、三《さん》おうふくもして！

でも、なんだかへんです。パイパーさんは、子《こ》ねこのかずをかぞえました。一《いっ》ぴき、二《に》ひき、三《さん》びき、四《よん》ひき。四《よん》ひき!?　一《いっ》ぴき多《おお》い！　ねこのおくさんと、いつもの子《こ》ねこが三《さん》びきと、もう一《いっ》ぴき、黒《くろ》い子《こ》ねこがまじっています！

「ちょ、ちょ、ちょっとまて！　この黒《くろ》いのは、おまえさんの子《こ》どもじゃないだろ？　どこでひろってきたんだ？」

と、パイパーさんはききました。

　ねこのおくさんは、子《こ》ねこたちのそばで、のどをゴロゴロならしていました。それはまるで、「この子《こ》も、うちの子《こ》にしたんです。かわいいでしょ？」

と、いっているようでした。

「ああ、そりゃたしかにかわいいが、この子《こ》をどうするつもりだい？　子《こ》ね

こ三《さん》びきでもたいへんなのに、四《よん》ひきになったら、ますますもらい手《て》をさがすのがむずかしくなるぞ」

ねこのおくさんは、そんなこと、ちっとも気《き》にしていないようすで、ただ、まんぞくそうにすわっていました。

「おまえさんは、いなかでくらす気《き》はないのかい？　子《こ》どもたちにとっても、そのほうがいいんだよ」と、パイパーさんはいいました。

ねこのおくさんは、のどをゴロゴロならして、パイパーさんの足《あし》にからだをこすりつけると、子《こ》ねこたちのまえにねそべって、みんなにおちちをのませはじめました。

「はあ」パイパーさんは、ためいきをつきました。「子《こ》ねこにおちちをのませるははねこを、どうこうできる人《ひと》がいるだろうか……」

パイパーさんは、首《くび》をよこにふり、おちちをのみおえた、子《こ》ねこたちをはこにいれると、運転《うんてん》せきにもどって、ふたたびバスを走《はし》らせました。

6　ちびのマック、おくさんを見《み》つける

子《こ》ねこが一《いっ》ぴきふえたとはいえ、ねこのおくさんがもどってきてくれたのは、やっぱりうれしいことでした。

黒《くろ》い子《こ》ねこは、三《さん》びきの子《こ》ねこたちより、すこし大《おお》きいぐらいでした。三《さん》びきの子《こ》ねこは、まだ目《め》がひらいていませんが、黒《くろ》い子《こ》ねこは、目《め》をぱっちりあけて、まわりのできごとを見《み》ています。それに、はこをよじのぼって、外《そと》にでることができましたから、ねこのおくさんは、しょっちゅう黒《くろ》い子《こ》ねこをおいかけては、はこのなかへつれもどさなければなりませんでした。

その日《ひ》のよる、パイパーさんがバスをとめ、みんなを外《そと》にだすと、黒《くろ》い子《こ》ねこは、すぐさま木《き》にのぼ

りだしました。ねこのおくさんは、とてもしんぱいそうに見《み》ています。そこで、パイパーさんが木《き》にのぼり、黒《くろ》い子《こ》ねこをつかまえておりてきました。そして、うわぎのポケットにいれておくと、こんどは、うわぎをのぼりはじめたので、パイパーさんは、しかたなく、黒《くろ》い子《こ》ねこをバスにいれ、ドアとまどをしめて、とじこめてしまいました。

「まあ、あの子《こ》には、こうでもしないと」パイパーさんは、ねこのおくさんにいいました。「おまえさんは、三《さん》びきのせわだけでもたいへんだっていうのに、もう一《いっ》ぴきそだてようなんて、むりな話《はなし》だ。それに、四《よん》ひき目《め》は、たいしたいたずらっ子《こ》じゃないか」

ねこのおくさんは、「子《こ》どもなんて、そんなもんですよ。じきに大《おお》きくなります」と、いうように、のどをゴロゴロいわせていました。

つぎの日《ひ》のあさ、パイパーさんは、こんどは、ちびのマックのばんだ、とかんがえました。仕事《しごと》を休《やす》んで、もう三日《みっか》がすぎています。なのに、動物《どうぶつ》は、一《いっ》ぴきもへっていません。へるどころか、ふえているのです。

でも、チャボのマックには、町《まち》よりいなかのほうがずっといいはずです。マックは、木《き》のえだにとまってねむったり、土《つち》をひっかいて、虫《むし》をたべたりしてくらすほうが、すきにきまっています。

パイパーさんは、農家《のうか》を見《み》つけるたびに、スピードをおとして、バスのまどから農家《のうか》の庭《にわ》をのぞいてまわりました。だいたいどこの農家《のうか》も、にわとりをかっています。それも、大《おお》きくて、りっぱなにわとりばかりです。そんなところに、ちびのマックをおいていったら、きっといじめられてしまうでしょう。

パイパーさんは、やっと、道《みち》ぞいのいけがきのあいだを、小《ちい》さな茶色《ちゃいろ》いめんどりが、むねをそらせて歩《ある》いているのを見《み》かけました。

「あれなら、マックより小《ちい》さいぞ！」

「コケーッ！」マックは、そのめんどりを見《み》ると、なきました。

そして、はねをバサバサと、はばたかせ、バスのあいているまどから外《そと》へとびだしていきました。

マックが、小《ちい》さな茶色《ちゃいろ》いめんどりのちかくにおりたつと、めんどりは、さっとにげました。マックは、あとをおいました。

それから、地面《じめん》の土《つち》をほって、ミミズを見《み》つけると、パッとうしろにさがって、めんどりに見《み》せました。すると、小《ちい》さな茶色《ちゃいろ》いめんどりは、パクッと、そのミミズをたべ、そのあと、二《に》わは、いっしょになかよく歩《ある》きだしました。

「マックは、ともだちを見《み》つけたようだ。となれば、ここがあの子《こ》にとって、あたらしいすみかってことかな？」

パイパーさんは、小《ちい》さな茶色《ちゃいろ》いめんどりをかってい

る農家《のうか》の門《もん》までバスを走《はし》らせました。見《み》ると、そこの庭《にわ》には、ほかにもチャボのめんどりがたくさんいました。そのうちの一《いち》わは、ひなのむれをつれています。ひなのからだは、まるで小《ちい》さな黄色《きいろ》いボールのようで、足《あし》は、つまようじのようでした。

「コッ、コッ！」パイパーさんを見《み》ためんどりは、あわててひなをよびあつめました。

「しんぱいしなくていい。なにかしようってわけじゃないから」パイパーさんは、そのめんどりにいいました。

ちかくのへいの上《うえ》に、りっぱなおばねをしたチャボのおんどりがとまっていました。おんどりは、パイパーさんを見《み》ると、はねをバサバサと、はばたかせました。

パイパーさんが、げんかんのドアをノックすると、女《おんな》の人《ひと》がでてきました。

パイパーさんはいいました。「あのう、すみません。チャボのおんどりをも

らってくれる人《ひと》をさがしているのですが。わたしは、町《まち》に住《す》んでいましで、おんどりをかいきれず、こうしてたずねてまわっています。お見《み》うけするに、こちらでは、チャボをかっておられますよね？」

女《おんな》の人《ひと》はこたえました。

「ええ、うちには、元気《げんき》のいいチャボがいっぱいいますよ。そういうことなら、よろこんでそのおんどりをひきとりましょう。もちろん、その子《こ》がうちのチャボたちと、うまくやっていけるなら、ですけど。ごぞんじのとおり、おんどりっていうのは、ときどきけんかをしますからね」

「それなら、ほら。もうあそこで」と、パイパーさんはいいました。

ちょうど、いけがきをぬけて、マックと小《ちい》さな茶《ちゃ》色《いろ》いめんどりが、コッコッとおしゃべりしながら、なかよくならんでやってきました。

するど、へいの上《うえ》にいた、りっぱなおばねのおんどりが、バサバサと地面《じめん》にまいおりて、マックのほうへちかづいていきました。

むかいあった二《に》わは、はねをふくらませ、じっとにらみあったかと思《おも》うと、円《えん》をえがくように、ぐるぐるとまわりだし、つぎのしゅんかん、「コケーッ！」となないて、どうじにとびかかりました。

「コッ、コッ！」ちかくにいためんどりたちは、ひなをよんで、いそいでにげていきました。

二《に》わのおんどりは、ふたたび、あいてにとびかかりました。

「コケーッ！」

すなけむりがあがり、ぬけたはねが、ちゅうをまいました。すなけむりがおさまると、マックは、むねをそらして、はねをはばたかせ、りっぱなおばねのおんどりは、すごすごとにげていきました。なんと、ちびのマックが勝《か》ったのです！

「コケコッコー！」マックが、高《たか》らかになきました。

小《ちい》さな茶色《ちゃいろ》いめんどりが、うっとりしながら、マックによりそっています。

農家《のうか》の女《おんな》の人《ひと》は、わらっていいました。

「あんたのおんどりは、ここでやっていけそうだ」

「そうですね。では、わたしはこれで……」パイパーさんはそういって、足速《あしばや》にバスへ歩《ある》いていきました。

ふりかえると、マックと小《ちい》さな茶色《ちゃいろ》いめんどりは、なかよくさんぽをしていました。

パイパーさんは、バスを走《はし》らせました。すこし走《はし》ったところに、小川《おがわ》がながれる、牧草地《ぼくそうち》がありました。パイパーさんは、そこにバスをとめ、ばんごはんのしたくにかかりました。

ばんごはんの用意《ようい》ができると、パイパーさんは、バスターと、ねこのおくさんをよびました。二《に》ひきは、走《はし》ってやってきましたが、バスターは、おちつきがなく、「クーン、クーン」と、なきながら、あちこち歩《ある》きまわったり、バスにもどって、なかを見《み》たりしています。それから、パイパーさんのところへもどってくると、「ワン!」と、ほえました。

「マックをさがしてるのかい? あの子《こ》なら、もういないんだ。あの子《こ》は、ほんとうに、じぶんにあう家《いえ》を見《み》つけたんだよ」

「フン!」バスターは、はなをならしました。

ねこのおくさんも、子《こ》ねこたちをなめに、ぷいっと行《い》ってしまいました。

二《に》ひきとも、パイパーさんが、マックをおいてきたことをおこっているようでした。

「まあ、しかたないさ」と、パイパーさんはいいました。

ばんごはんのあと、パイパーさんは、いすにすわってパイプをふかしました。小川《おがわ》は、さらさらとながれ、ツバメが、ヒュッとはねをならして虫《むし》をとっています。空《そら》には、星《ほし》がまたたきはじめました。

いまごろ、マックは、どうしているかな？　あたらしい友《とも》だちと、うまくやってるかな？　ねどこは、見《み》つかったかな？　ほかのおんどりたちと、けんかをしてないかな？　いろいろかんがえているうちに、パイパーさんは、ねむってしまいました。

つぎの日《ひ》のあさ、パイパーさんは、「コケコッコー！」という声《こえ》で目《め》をさましました。

「きっとまだ、ゆめを見《み》てるんだ」パイパーさんは、ひとりごとをいいました。

するとこんどは、「コッコッコッ！」という声《こえ》もきこえました。

目《め》をあけると、パイパーさんの頭《あたま》の上《うえ》の木《き》のえだに、マックがとまっているではありませんか！　そして、となりには、あの小《ちい》さな茶色《ちゃいろ》いめんどりも！

「なんてこった！」パイパーさんは、ふきげんな顔《かお》で二《に》わを見《み》あげました。「なんだい？　礼《れい》でもいいにきたのか？　いい家《いえ》を見《み》つけてくれてありがとうって。それとも、なにか？　あんなに親切《しんせつ》な農家《のうか》のおくさんと、ほかのチャボたちとくらすのがいやだっていうのかい？　町《まち》そだちのおんどりだから、町《まち》へかえりたいってか？　それも、かってにともだちもつれてきて！」

マックは、「コッコッ」と、へんじをしましたが、もちろん、パイパーさんには、なにをいっているのか、わかりません。

「おまえさんは、死《し》ぬまでわたしにめんどうを見《み》てもらうつもりなんだね？　だがな、そうはいかん。わたしは、家《いえ》にかえらなきゃならないし、おまえたちをつれてかえるわけにはいかないんだ。おんどりは、町《まち》には住《す》めないんだよ。おい、きいてるのか？」

マックは、わるいことをしたとは、ちっとも思《おも》っていないようすで、パイパーさんの足《あし》もとへとびおりてきました。

「コッコッ」と、マックはなきました。

「なんだい、こんどは、あさごはんがほしいっていうのか」と、パイパーさんはいいました。「わかったよ。どうせ、あのトウモロコシのつぶは、おまえしかたべないからな」

パイパーさんが、地面《じめん》にトウモロコシのつぶをまいてやると、マックは、「コッコッコッ」と、小《ちい》さな茶色《ちゃいろ》いめんどりをよびました。

めんどりも、えだからとびおりてきて、トウモロコシのつぶをついばみはじめました。マックは、とくいそうにめんどりをながめています。

パイパーさんは、かわいらしい二《に》わのチャボをながめていると、もうがみがみいう気《き》にはなれませんでした。

そこへバスターが走《はし》ってきて、小《ちい》さな茶色《ちゃいろ》いめんどりにちかづくと、クンクンとにおいをかぎだしました。びっくりしためんどりは、「コケッ！」と、大《おお》きな声《こえ》をだして、とびあがりました。でも、マックは、めんどりをあんしんさせるように、「コッコッコッ」となきました。まるで、「だいじょうぶ。この犬《いぬ》は、ともだちだよ」と、いっているようでした。

ねこのおくさんも、ながい草《くさ》をかきわけて、やってきました。パイパーさんは、あらためて、動物《どうぶつ》ぜんいんを見《み》まわしました。

「やれやれ、またもや、せいぞろいだ」と、パイパーさんはいいました。「まあ、いいさ。もうすこし、みんなでいっしょにいるとするか。きっと、どうにかなるだろう」

パイパーさんは、にもつをまとめると、バスを走《はし》らせ、ちかくの村《むら》へむかいました。村《むら》につくと、バス会社《がいしゃ》の社長《しゃちょう》に、でんぽうをうちました。

モウ　イッシュウカン　ヤスミヲ　イタダキタシ。カテイノ　モンダイ
イマダ　カイケツセズ。　　ハイラム・パイパー

そして、バスにガソリンをいれ、食料《しょくりょう》を買《か》いこむと、また、出発《しゅっぱつ》しました。

7　あらしのよる

パイパーさんのバスは、山道《やまみち》にさしかかりました。のぼりざかのでこぼこ道《みち》が、上《うえ》へ上《うえ》へとつづいています。バスは、ガタガタ、プスンプスン、といいながら、のぼっていきました。パイパーさんは、山道《やまみち》の運転《うんてん》になれていません。町《まち》の道《みち》は、どこも、たいらにほそうされていましたから。

ブルーン！　ガタガタ！　プスンプスン！　さかがきつくなるにつれ、バスのそくどがおちてきました。そのうちにやっと、たいらなところにでました。パイパーさんは、ひと休《やす》みしようと、バスをとめました。

そこは、山《やま》のちょうじょうでした。ふりかえると、谷間《たにま》が見《み》え、ここまで走《はし》ってきた道《みち》が、とおくまでのびています。はんたいに、これからすすむほうを見《み》てみると、そこにも谷間《たにま》があり、そのさきに山《やま》がいくつか見《み》えました。とてもきれいなけしきでした。パイパーさんの口《くち》を、思《おも》わず歌《うた》がついてでました。

かわいい　あの子《こ》が　やってくる！
丘《おか》を　こえて　元気《げんき》よく！

パイパーさんは、うたいながら出発《しゅっぱつ》しました。
こんどは、くだりざかで、バスは、下《した》へ下《した》へとすすんでいきます。動物《どうぶつ》たちは、バスのなかでひるねをしていました。まわりのけしきには、あまりきょうみがなさそうです。
パイパーさんは、ひるごはんにしようと思《おも》い、道《みち》ばたにバスをとめました。まわりは、たくさんの木《き》ぎでおおわれ、ひんやりとしています。ちかくには小川《おがわ》がながれ、鳥《とり》たちがさえずっていました。空気《くうき》は、しんせんな松《まつ》の木《き》のかおりでみちています。

ひるごはんをたべ、出発《しゅっぱつ》すると、道《みち》は、またのぼりざかになりました。どこにも家《いえ》らしきものが見《み》あたりません。ここにいるのは、パイパーさんたちだけのようでした。

かわいい　あの子《こ》が　やってくる！
丘《おか》を　こえて　元気《げんき》よく！

パイパーさんは、またうたいだしました。しばらく走《はし》ると、道《みち》は、ふたたびくだりざかになり、バスは、ガタゴトゆれだしました。

かわいい　あの子《こ》が　やってくる！
とりだんごの　スープだよ！

パイパーさんは、そこまでうたうと、ハッと口《くち》をつぐみました。

「おっと、この歌詞《かし》はまずい。マックたちにきかれたら、おこられるぞ」

だいじょうぶでした。二《に》わのチャボには、きこえていなかったようです。

パイパーさんは、こんばん、とまるのに、いいばしょがないか、さがすことにしました。まわりの木《き》ぎは、しだいにふかくなり、まえよりくらいかげをおとしています。道《みち》はでこぼこで、石《いし》だらけです。パイパーさんのバスは、しょっちゅう、ガタゴトいっていました。

とつぜん、空《そら》がくらくなりました。はい色《いろ》の雲《くも》が、太陽《たいよう》をかくしたのです。

「こりゃ、ひと雨《あめ》くるぞ」パイパーさんは、どうしたものかと、かんがえながらいいました。

「ニャオ！」ねこのおくさんが、はこのなかへとびこんで、子《こ》ねこたちをなめはじめました。

「なあに、しんぱいすることない。バスのなかにいれば、ぬれないんだから」

そのとき、あたりがピカッと、ひかり、すこしして、ゴロゴロゴロ……という音《おと》がきこえました。パイパーさんは、バスをとめました。

「きょうは、ここでひとばんあかしたほうがよさそうだ。雨《あめ》がふるだろうから、外《そと》で火《ひ》をつかえんな。ばんごはんは、つめたいものになってしまうが、まあ、しかたない。たべたら、すぐ、ねればいいいさ」

見《み》ると、二《に》わのチャボは、もうねむっていました。空《そら》がくらくなったので、よるになったと思《おも》ったのです。

パイパーさんは、ドッグフードとキャットフードのかんをあけ、じぶんには、サンドイッチをつくってたべました。

かみなりが、またピカッと、ひかりました。風《かぜ》がふきはじめて、木《き》のてっぺんをゆらし、しばらくすると、雨《あめ》がふってきました。

雨《あめ》はさいしょ、パラパラと葉《は》におち、つぎに、バスのてんじょうをたたきはじめました。雨《あま》つぶが、バスのまどをながれ、道《みち》に小《ちい》さな川《かわ》がいくつもできました。

「こりゃ、あらしだ！」と、パイパーさんはいいました。

「グルル……」と、バスターはうなりました。

「しんぱいない。だいじょうぶだよ」と、パイパーさんはいいました。

ねこのおくさんは、おちつかないようすで、子《こ》ねこたちをなめつづけています。

「そんなに子《こ》ねこたちをきれいにしたいかね？　だったら、雨《あめ》のなかにほうりだしたらどうだい？」パイパーさんは、からかうようにいいました。

でも、ねこのおくさんは、そんなじょうだんに耳《みみ》をかしませんでした。

「ここにいれば、ぬれやしない。ありがたいこった」パイパーさんがそういったとたん、はなの頭《あたま》に、ピチャンと、なにかがおちました。

水《みず》でした。はなをふいて見上《みあ》げると、バスのてんじょうから、雨《あめ》がもれています！　ポタン、ポタンと、水《みず》がつぎつぎにおちてきました！

「ここにいれば、ぬれやしない、なんていったかね？　そりゃ、おおまちがい。みんな、うしろへ、いどうだ！」

パイパーさんは、そういってわらいました。バスのじょうきゃくに、そんなふうに声《こえ》をかけたのは、ひさしぶりだったからです。

ところが、うしろのほうもおなじでした。雨《あま》もりは、バスのてんじょうのあちこちからしていたのです。

「かさをもってくれればよかった」と、パイパーさんはいいました。

パイパーさんが、前後《ぜんご》のざせきのせもたれをまたいで、毛布《もうふ》をひろげ、テントにすると、みんなは、その下《した》にあつまって、うずくまりました。

「なに、夏《なつ》のとおり雨《あめ》だ。すぐやむさ」

ところが、雨《あめ》は、いつまでたってもやみません。バスのなかは、どんどんぬれていきます。

「ここにとまってても、だめだ。じきにやむとしても、こんなにびしょびしょじゃ、ねむれやしない。バスを走《はし》らせよう」

パイパーさんは、きた道《みち》をひきかえそうかと、かんがえましたが、ここまで、家《いえ》が一《いっ》けんもなかったことを思《おも》いだして、まえにすすむことにしました。このさき、どこかに雨《あま》やどりできる家《いえ》があるかもしれません。

パイパーさんは、エンジンをかけ、バスを走《はし》らせました。するとそのとき、かみなりがピカッとひかり、すぐに、ドカン！　バキバキ！　という音《おと》がしました。かみなりが、ちかくにおちたにちがいありません。

パイパーさんは、バスをとめて、外《そと》をのぞいてみました。すると、バスのまうしろに、大《おお》きな木《き》が、道《みち》をふさぐようにたおれていました。かみなりが、この木《き》におちてたおれたのです。

あぶないところでした。でも、これで、もうまようことはなくなりました。あともどりはできません。まえにすすむしかないのです。

バスは、小石《こいし》だらけののぼりざかをすすんでいきました。雨《あめ》は、そのあいだもふりつづき、雨《あめ》のしずくが、パイパーさんの首《くび》すじにおちました。動物《どうぶつ》たちは、

毛布《もうふ》のテントの下《した》で、ずっとうずくまっています。

「プシュン！」バスターが、くしゃみをしました。

「うごくんじゃないよ。ぬれて、かぜをひくぞ」と、パイパーさんはさけびました。「かぜをひかれたら、手《て》におえんからな」

パイパーさんは、フロントガラスに顔《かお》をちかづけ、まえに目《め》をこらしましたが、どしゃぶりの雨《あめ》で、よく見《み》えません。

バスは、ようやく山《やま》のちょうじょうまでのぼりつめ、道《みち》はくだりざかになってきました。道《みち》にうまっている石《いし》が、雨《あめ》にぬれてつるつると、すべりやすくなっています。空《そら》は、ますますくらくなりました。よるがちかづいているのです。

「それにしても、ここらへんには、人《ひと》っこひとり、住《す》んでいないのかね」

パイパーさんは、ふしぎに思《おも》いながら、どこかに家《いえ》のあかりがないか、さがしました。でも、見《み》えるのは、バスのヘッドライトでてらされた道《みち》だけでした。

「こうなったら、よどおしバスを走《はし》らせるしかないな。でなけりゃ、びしょぬれ

のバスでねるはめになる」パイパーさんがそう思《おも》ったとき、ヘッドライトの光《ひかり》が、家《いえ》のようなかげを、サッとかすめました。
それは、たしかに家《いえ》のようで、あらしのなかにひっそりとたたずんでいます。パイパーさんが、そろそろとハンドルを左《ひだり》にまわすと、ヘッドライトの光《ひかり》が、その家《いえ》をてらしました。道《みち》からすこし小高《こだか》くなったところに、小屋《こや》のような家《いえ》がたっています。
「どうやら、あのうちの人《ひと》は、もうねてるみたいだ。おこすのは、もうしわけないが、しかたあるまい」
パイパーさんは、家《いえ》のちかくにバスをとめ、かいちゅうでんとうを手《て》にとると、外《そと》にでました。庭《にわ》をぬけるとちゅう、木《き》からおちてくる雨《あめ》と、ぬれた草《くさ》をかきわけたおかげで、全身《ぜんしん》びしょぬれになってしまいました。パイパーさんは、いそいでげんかんのポーチへかけあがりました。

「おっと！」ポーチに足《あし》をふみいれたとたん、パイパーさんはさけびました。

なんと、ポーチのゆかがぬけたのです。

「この家《いえ》の人《ひと》は、手入《てい》れがいいかげんときてる」パイパーさんはそういって、げんかんのドアをノックしました。「ごめんください」

へんじがありません。パイパーさんは、さっきよりも強《つよ》くノックしました。それでも、へんじがありません。

「どこかへ、でかけてるのかな？」と、パイパーさんは思《おも》いました。

パイパーさんは、かいちゅうでんとうで、まどから、なかをてらしてみました。部屋《へや》には、だれもいません。見《み》えたのは、かたむいたテーブルとベッド、それから、古《ふる》びたいすでした。

「なかにはいれたら、ぬれることはなさそうだ。さて、どうだろう?」パイパーさんは、ドアノブをまわしてみました。

ドアは、ギーーッと、大《おお》きな音《おと》をたてて、ひらきました。パイパーさんは、なかにはいりました。

「だれかいませんか?」パイパーさんは、ねんのため、もういちど、さけんでみました。でも、きこえてきたのは、カサカサカサとい う、ねずみがにげていく音《おと》だけでした。

パイパーさんは、走《はし》ってバスにもどりました。そして、子《こ》ねこたちがはいったはこをかかえると、家《いえ》のなかへはこびこみました。バ

スターと、ねこのおくさんもついてきました。

それから、チャボをつれに、また、バスへもどりました。マックと、マックのおくさんは、とてもねむそうでした。パイパーさんが、二《に》わをだいて、家《いえ》まではこびこむと、いすのせもたれにとまらせました。二《に》わは、そのままよりそって、またぐっすりとねむってしまいました。

ねこのおくさんは、足《あし》をプルプルプルとふって、水《みず》をはらい、バスターは、ブルブルッと全身《ぜんしん》をふるわせ、からだについた水《みず》をきりました。

家《いえ》のなかを見《み》まわすと、だんろがありました。たきぎもすこしあったので、パイパーさんは、火《ひ》をおこし、毛布《もうふ》をひろげてかわかしました。

パイパーさんと、バスターと、ねこのおくさんは、だんろのまえにすわりました。ふくがかわき、体《からだ》があたたまってくると、パイパーさんは、毛布《もうふ》にくるまり、ゆかによこになりました。そして、そのまま、ねむってしまいました。

8　山《やま》の上《うえ》の小《ちい》さな家《いえ》

よくあさ、パイパーさんが目《め》をさますと、からだのあちこちがいたみました。

「ここは、どこだろう?」

「コケコッコー」ちびのマックが、どこかでないています。

「ミャー、ミャー」という、子《こ》ねこたちの声《こえ》もきこえました。

パイパーさんは、目《め》をあけ、からだをおこしました。

「おやおや、ずいぶんほこりっぽいところにねてたんだなあ。ゆかいたの上《うえ》じゃないか」

パイパーさんはやっと思《おも》いだしました。きのうのよる、あらしのなか、ここにやってきたのです。動《どう》物《ぶつ》たちは、どこでしょう？

パイパーさんは、立《た》ちあがり、あたりを見《み》まわしました。そこは、部屋《へや》がたったひとつしかない、小《ちい》さな家《いえ》でした。

食器《しょっき》だなには、ひびのはいったおさらが、なんまいかありました。部屋《へや》のすみには、ベッドがあり、パッチワークのキルトの古《ふる》いカバーがかけてありましたが、マットレスのスプリングは、こわれていました。さびついたストーブもありましたが、台所《だいどころ》はなさそうです。

まどガラスが一《いち》まいわれていたので、そこから風《かぜ》がふきこみ、部屋《へや》じゅうにどろや水《みず》たまりがありました。

この家《いえ》には、ながいあいだ、だれも住《す》んでいないようです。

よるのあいだに、風《かぜ》でドアがあいてしまったのでしょう。バスターや、ねこのおくさん、二《に》わのチャボは、もう家《いえ》のなかにいませんでした。

黒《くろ》い子《こ》ねこも、はこをはいのぼり、外《そと》にでて、げんかんのまえのポーチを歩《ある》いていました。と、そのとき、黒《くろ》い子《こ》ねこは、きのうのよる、パイパーさんがあけてしまったポーチのあなに、すぽっと、おちてしまいました。

パイパーさんは、いそいで黒《くろ》い子《こ》ねこをたすけてやりました。

「こりゃ、しゅうりしないと」

パイパーさんは、ポーチに立《た》って、あたりを見《み》まわしました。雨《あめ》は、あがっていました。家《いえ》のまえには、大《おお》きなカエデの木《き》が立《た》っていて、風《かぜ》がえだをゆらし、葉《は》がきらきらとかがやいています。とおくには、谷《たに》が見《み》え、こい霧《きり》におおわれていました。まるで白《しろ》いみずうみのようです。そのさきに小高《こだか》い山《やま》なみがつづき、その上《うえ》の空《そら》は、ほのかなピンク色《いろ》にそまっていました。

ピンク色《いろ》の空《そら》は、しだいに金色《きんいろ》にかわり、とうとうあさひがのぼってきました。庭《にわ》ののびきった雑草《ざっそう》についた雨《あま》つぶが、ダイヤモンドのように、キラキラと、かがやきだしました。

草《くさ》むらから、ねこのおくさんがあらわれました。口《くち》にねずみをくわえています。

そのすがたはまるで、ジャングルのなかを歩《ある》くトラのようでした。

バスターが、家《いえ》のかどから走《はし》ってきて、うれしそうにしっぽをふりながら、パイパーさんにとびついてきました。おかげでパイパーさんは、ぬれてしまいました。

「コケコッコー！」庭《にわ》のへいの支柱《しちゅう》の上《うえ》で、マックが声《こえ》をあげました。マックのおくさんは、どこでしょう？　すると、家《いえ》のうら手《て》から、「コケッ！　コッコッコッ、コケッ！　コッコッコッ」という声《こえ》がしました。

パイパーさんは、声《こえ》のするほうへ行《い》ってみました。そこには、たおれかけた納《な》屋《や》があり、なかに、にわとりの巣箱《すばこ》がありました。そのひとつに、マックのおくさんがすわっていたのです。なんと、マックのおくさんは、そこでたまごをうんでいました。パイパーさんが、たまごをとりあげると、マックのおくさんは、「コッコッ！」と、じまんげになきました。

「ここは、まえの家《いえ》みたいに、いごこちがいいかい？」と、パイパーさんはたず

ねました。

手《て》のなかのたまごは、まだあたたかでした。

「こいつをあさごはんに、いただいてもいいかな？」

「ワンワン！」バスターがほえて、パイパーさんのズボンをひっぱりました。

「ああ、おまえもあさごはんだね？」

パイパーさんは、食料《しょくりょう》をいれたはこをバスからおろしました。そして、みんなは、あさひのあたるポーチで、ごはんをたべました。そのあと、ねこのおくさんは、子《こ》ねこたちにおちちをあげました。バスターは、カエデの木《き》のねもとをほりはじめ、二《に》わのチャボは、虫《むし》をさがして、あちこち歩《ある》きまわりました。

「なんだかみんな、ここに住《す》んでいるみたいだな」と、パイパーさんはいいました。

「ゴロゴロゴロ」と、ねこのおくさんがのどをならしていました。

動物《どうぶつ》たちはみな、「もちろん、そうするんでしょ？　ここって、いいところだもの。よそへ行《い》くことなんて、ないよね？」と、いっているかのようでした。

「しかし、おまえたちはみんな、町《まち》でくらしたいんじゃなかったのかい？」と、パイパーさんはいいました。

バスターは、ほったあなで、古《ふる》いほねを見《み》つけました。きっとむかし、ほかの犬《いぬ》がうめたのでしょう。バスターは、ほねをくわえてもってくると、パイパーさんの足《あし》もとにおとしました。

マックと、マックのおくさんは、バサバサッと、ポーチの手《て》すりにとびあがり、パイパーさんを見《み》つめました。

ねこのおくさんは、黒《くろ》い子《こ》ねこのあとをおっていきました。黒《くろ》い子《こ》ねこが、またポーチのあなにおちかけたので、ねこのおくさんは、子《こ》ねこの首《くび》の上《うえ》をくわえました。そして、ひきずらないように、頭《あたま》を高《たか》くあげながら子《こ》ねこをはこび、パイパーさんの足《あし》もとにおろしました。

それはまるで、「はい、この子《こ》をちゃんと見《み》てくださいよ。この子《こ》をしょっちゅう、あなからひっぱりだすほど、わたしは、ひまじゃないんですから」とでも、いっているかのようでした。

どの動物《どうぶつ》もみんな、パイパーさんに、なにかいいたそうにしています。そのしゅんかん、パイパーさんは、気《き》がつきました。

「そうか、やっとわかった！　おまえたちは、町《まち》に住《す》もうと、いなかに住《す》もうと、そんなこと、かんけいないんだ。おまえたちはただ、わたしとくらしたいだけなんだね！」

パイパーさんは、動物《どうぶつ》たちにむかっていいました。

「だがな、おまえたち、わたしには、仕事《しごと》がある。だから、町《まち》にもどらなくては。そして、町《まち》では、おまえたちをかうことはできないんだよ」

動物《どうぶつ》たちは、そんなことなど、ちっとも気《き》にしていないようでした。

「どうせおまえたちには、わたしがなにをいっているか、わからんのだろう。まあ、いい。きょうは、この家《いえ》にいるとしよう。あしたのあさ、ここをでて、それでおしまいだ。とちゅうで、この家《いえ》のもちぬしをさがして、とめてもらった分《ぶん》の代金《だいきん》をしはらおう」

パイパーさんは、どうせあしたのあさまでいるのなら、すこし、家《いえ》のなかをきれいにしておこう、と思《おも》いました。

家《いえ》のなかに、古《ふる》いほうきがあったので、ゆかをはきました。ベッドにかけてあったキルトのカバーは、ほこりをはたいてから、ポーチにはってあった、ひもにかけてほしたあと、きちんとベッドにひろげておきました。それから庭《にわ》の井戸《いど》の、さびついたポンプをこいで水《みず》をくむと、ぞうきんでまどをふきました。だん

ろもきれいにしました。そして、手《て》ごろな板《いた》きれと、くぎを何本《なんぼん》か見《み》つけ、ポーチのあなをふさぎました。

小《ちい》さな家《いえ》は、ひるには、だいぶきれいになりました。ひるごはんのあと、パイパーさんは、ここちよいつかれをかんじながら、ひるねをしました。

目《め》がさめると、もうゆうがたで、太《たい》陽《よう》は、はるか西《にし》の空《そら》にありました。

パイパーさんはおきて、庭《にわ》をぶらぶらしてみました。すると、しげみのなかに、ラズベリーの実《み》がなっているのを見《み》つけたので、ばんごはんのデザートに、いくつかつみました。

ばんごはんをたべおえると、パイパーさんは、ポーチにいすをおいてすわり、パイプをふかしました。野生《やせい》のシカが二《に》とう、道《みち》をわたってやってきました。しばらくあたりの草《くさ》をたべていましたが、そのうちピョンとはねて、森《もり》のなかへきえていきました。

空《そら》に、星《ほし》がでてきました。谷間《たにま》の村《むら》に、家《いえ》のあかりがチラチラと見《み》えます。パイパーさんは、松《まつ》の木《き》のかおる、つめたい山《やま》の空気《くうき》をふかくすいこみました。

「ああ、ここにずっといられたらなあ」パイパーさんはそうつぶやいて、そろそろねようか

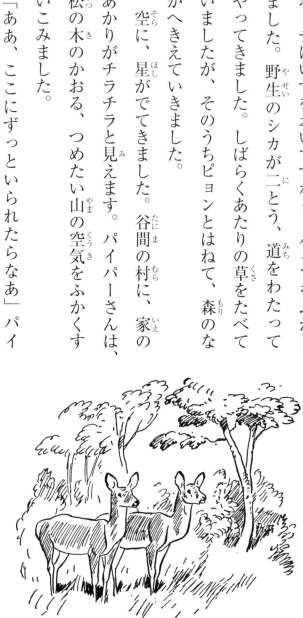

と、家《いえ》のなかにはいっていきました。

つぎの日《ひ》のあさ、パイパーさんは、とてもはやくおきました。きょうは、やることがいっぱいです。

「さ、あさごはんをたべたら、出発《しゅっぱつ》だ」パイパーさんは、動物《どうぶつ》たちにいいました。ですが、そのまえに、雨《あま》もりでよごれたバスをきれいにしなくてはなりません。

パイパーさんは、バスのゆかのごみをはきだしました。納屋《なや》に、水《みず》をはじくタール紙《し》があったので、バスのやねにはりました。

「この家《いえ》のもちぬしが見《み》つかったら、この代金《だいきん》もはらわないと」と、パイパーさんは思《おも》いました。

バスをきれいにするのは、思《おも》ったより時間《じかん》がかかり、気《き》がつくと、ひるになっていました。

庭《にわ》のしげみのなかに、つるが何本《なんぼん》もはえていて、たどっていくと、ミニトマト

がなっていました。それに、小《ちい》さなきゅうりもなっています。そこで、パイパーさんは、まわりの雑草《ざっそう》をとりのぞき、手《て》ごろなぼうを立《た》てて、それぞれのつるをぼうにゆわえつけました。
そして、ミニトマトときゅうりをもいで、ひるごはんにいただくことにしました。つるには、花《はな》もさいていたので、すこしつんで、ふちのかけたびんにさし、だんろの上《うえ》にかざりました。とてもきれいです。
「おこられるってことは、ないだろう」と、パイパーさんはいいました。
納屋《なや》には、古《ふる》いしばかりきもありました。

そこでパイパーさんは、ひるごはんをたべたあと、しばかりきで庭《にわ》のしばをかりました。それから、あらしで、庭《にわ》にちらばった、おれたカエデの木《き》のえだをひろいあつめました。

そうこうするうちに、ばんごはんの時間《じかん》になってしまいました。太陽《たいよう》がしずみかけていることに気《き》がつかなかったのです。いまから、ここを出発《しゅっぱつ》して、この家《いえ》のもちぬしをさがすには、おそすぎます。またあしたにしたほうがいいでしょう。

「しかたない。もうひとばん、ここにとまったって、だれにもめいわくをかけんだろう」

パイパーさんは、ばんごはんのしたくにとりかかりました。ところが、食料《しょくりょう》をいれていたはこは、ほとんどからでした。のこっていたのは、すこしのコーヒーと、さとう、それからオートミールが、ひとはこだけで、ドックフードも、キャットフードも、もうのこっていませんでした。

「これできまりだ。あすのあさは、なにがあろうと、ここをでなくては」

9　谷間《たにま》の村《むら》へ

つぎの日《ひ》のあさ、パイパーさんは、コーヒーを一ぱいのみ、オートミールをたべました。ですが、どちらにも、ぎゅうにゅうはいれられませんでした。バスターや、ねこのおくさんは、コーヒーをのみませんし、オートミールもたべません。ねこのおくさんは、でかけていってねずみをつかまえ、バスターは、ほりかえした古《ふる》いほねをかじっていました。
「どうして、けさは、いつものあさごはんをくれないの？」二《に》ひきは、そんな顔《かお》をして、パイパーさんを見《み》つめています。
「もうしわけない。つまり、わたしは、仕事《しごと》にもどらなければならん、ということだ。これで、わかっただろう？」

パイパーさんが、毛布《もうふ》をまき、うでにかかえて、家《いえ》からでようとした、ちょうどそのとき、外《そと》からなにかきこえてきました。ここ数日《すうじつ》、まるできいていなかったものです。それは、人《ひと》の声《こえ》でした。

バスターも、ききつけたのか、「ワン！」と、ほえました。

すると、こんどは、はっきりと、「あっ、見《み》て！　犬《いぬ》だ！」という声《こえ》がしました。

「子《こ》ねこだ！　あっ、チャボもいる！」と、べつの声《こえ》もしました。

パイパーさんは、毛布《もうふ》をおろし、家《いえ》のドアをあけました。見《み》ると、庭《にわ》に三人《さんにん》の子《こ》どもが立《た》っていました。男《おとこ》の子《こ》がふたりと、女《おんな》の子《こ》がひとりです。三人《さんにん》ともかみの毛《け》は金色《きんいろ》、オーバーオールをきて、足《あし》は、はだしでした。手《て》には、ブルーベリーがはいったバケツをもっています。

バスターは、女《おんな》の子《こ》のほうへ走《はし》っていって、はだしの足《あし》をなめました。

「きゃっ！」女《おんな》の子《こ》は、ひめいをあげました。

「こわがんなくていいよ、ポリー」と、いちばん大《おお》きい男《おとこ》の子《こ》がいいました。

「人《ひと》なつっこい犬《いぬ》だな」
「どちらさんかな？」と、パイパーさんはたずねました。
「ぼく、ビリー・ハニーウェルっていいます」と、いちばん大《おお》きい男《おとこ》の子《こ》がこたえました。「こっちが、おとうとのヘンリーで、こっちが、いもうとのポリー。ぼくたち、山《やま》の下《した》のほうに住《す》んでて、ブルーベリーをつみにきたんです。そしたら、車《くるま》がとまってたから」
　ポリーは、子《こ》ねこたちのいるはこのまえにすわって、子《こ》ねこを一《いっ》ぴきとりだすと、じぶんのひざにのせました。

「おい、子《こ》ねこにさわるな、ポリー」と、ビリーがいいました。「ははねこがいるぞ。そんなことしたら、ひっかかれる」

ところが、ねこのおくさんは、気《き》にしていません。まるで、「この女《おんな》の子《こ》は、子《こ》ねこのだきかたを知《し》ってるな」と、思《おも》っているようでした。

それを見《み》て、パイパーさんはいいました。

「ほしければ、一《いっ》ぴきあげるよ。なんなら、ぜんぶでも」

ポリーは、ざんねんそうに首《くび》をよこにふっていいました。

「うちには、ねこが二《に》ひきと、子《こ》ねこが四《よん》ひきいるの。かあさんが、これいじょうはだめって」

「犬《いぬ》はどうかね？　かってるかい？」と、パイパーさんはききました。

すると、ヘンリーが首《くび》をよこにふっていいました。

「犬《いぬ》も、これいじょうだめって、かあさんが」

「子《こ》ねこと、あそんでもいい？」と、ポリーがいいました。

こんどは、パイパーさんが首《くび》をよこにふっていいました。

「いいや。じつはもう、行《い》かなくちゃならないんだ。ちょうど出発《しゅっぱつ》する用意《ようい》をしてたんだよ」

「え？　ここに住《す》んでるんじゃないの？」と、ヘンリーがいいました。

「いいや。あらしにあって、たまたまかりただけなんだ。ここがだれの家《いえ》かも知《し》らないんだよ」

すると、ビリーがいいました。

「ここは、ぼくたちのじいちゃんの家《いえ》だよ。でも、年《とし》だから、いまは、ぼくたちといっしょに住《す》んでるんだ。だれもこんな家《いえ》に、住《す》みたがらないって、とうさんがいってた」

「かわりに住《す》めるもんなら、住《す》みたいもんだが、どうしても行《い》かなくてはならなくてね。でも、そのまえにきみらのおとうさんと話《はなし》がしたいな。いま、家《いえ》にいるかい？」

「とうさんなら、店《みせ》にいます。山《やま》をおりた谷間《たにま》の村《むら》の。あんないしましょうか？」

と、ビリーがいいました。

パイパーさんは、うなずいて、毛布《もうふ》をもちあげると、バスにつみこみました。

「てつだいましょうか？」と、ビリーがいいました。

「ありがとう、たすかるよ」と、パイパーさんはいいました。「そしたら、子《こ》ねこたちのはこをはこんでくれるかい？　わたしは、チャボをつかまえてくるから」

マックは、へいの上《うえ》にすわっていましたが、マックのおくさんが、見《み》あたりません。

「あの子《こ》は、どこへ行《い》っちまったんだろう。さっきまでいたのに」

納屋《なや》を見《み》てみましたが、いません。つぎに庭《にわ》をさがしてみました。かれえだで草《くさ》むらをさぐりながら歩《ある》きましたが、やっぱりいません。

「なんとしても見《み》つけなければ。あの子《こ》をおいていくわけには、いかんのだか

ら」

するとそのとき、パイパーさんのうしろから、マックのおくさんが、バサバサッと、いきおいよくとびだしてきました。とてもおこっているようです。

「きっと、巣《す》をとられると思《おも》ったんだ」と、ビリーがいいました。

「巣《す》をとる？　どういうことだい？」と、パイパーさんはききました。

ビリーは、わらっていいました。

「めんどりは、たまごをあたためるときは、巣《す》にこもろうとするんです。そういうときのめんどりって、手《て》がつけられないんだ」

「もうしわけないが、たまごをあたためるのは、またべつのきかいにしてもらおう。あの子《こ》は、わたしたちとすぐにでも行《い》かなきゃならんのだから。さ、きみたちもバスにおのり。いっしょに行《い》こう」

「やったー！　おもしろそう。ぼく、バスにのるの、はじめて」と、ヘンリーがいいました。

三人《さんにん》の子《こ》どもたちは、バスにのりこみ、うれしそうにまどの外《そと》をながめました。

パイパーさんは、小《ちい》さな家《いえ》をふりかえりました。山《やま》の上《うえ》にたつ、一《いっ》けんだけの小《ちい》さな家《いえ》を。

それからエンジンをかけ、小石《こいし》だらけの道《みち》を、ガタガタと、走《はし》りだしました。

「わあ、すごい！」と、ポリーがいいました。

「いままでバスにのったことがないって、ほんとうかい？」と、パイパーさんはききました。

「うん。だって、ここらへんじゃ、走《はし》ってないもの」と、ビリーがこたえました。

「ぼくたち、村《むら》からでたこともないし」と、ヘンリーもいいました。

「学校《がっこう》はどこなんだい？」

「いまから行《い》く谷間《たにま》の村《むら》。ずっと歩《ある》くんです」と、ビリーがこたえました。

ちょうどそのとき、バスは一《いっ》けんの農家《のうか》のまえをとおりすぎました。

ビリーが、声《こえ》をあげました。

「あっ、あれがぼくたちのうちです。いま、かあさんは、ちかくのかぜをひいた人《ひと》の家《いえ》にかんびょうしにいってるから、いません。とうさんは、店《みせ》にいます。きっとじいちゃんも」

つぎに、べつの農家《のうか》のまえをとおりかかると、また、ビリーが声《こえ》をあげました。

「あれが、アンディの家《いえ》。あっ、アンディだ」

男《おとこ》の子《こ》がひとり、ちょうど家《いえ》からとびだしてきたのが見《み》えました。パイパーさんがバスをとめると、ビリーがアンディにいいました。

「この人《ひと》、じいちゃんの家《いえ》に住《す》んでたんだ。それで、とうさんにあいにいくんだ

よ」
「ぼくも、のっていい?」と、アンディがいいました。
「どうぞ、おのり」と、パイパーさん。
すると、もう一《いっ》けん農家《のうか》が見《み》えました。ここらへんの家《いえ》は、ずっと雨《あま》ざらしなのか、かべもやねもはい色《いろ》で、ぬりかえられたことなど、いちどもなさそうです。えんとつの石《いし》は、ごつごつとふぞろいで、げんかんには、ポーチがあり、どこの庭《にわ》にも、きれいな花《はな》がさい

ていました。

道《みち》ばたに、子《こ》どもがふたり、立《た》っていました。また、ビリーがいいました。

「あ、あれは、メアリーとジョージです。あの子《こ》たちも、のせていいですか?」

パイパーさんは、バスをとめました。

「ごじょうしゃくださーい」パイパーさんが、バスのとびらをあけてそういうと、メアリーとジョージがのりこんできました。

それからまたすこし行《い》くと、青《あお》いふくをきた、女《おんな》の子《こ》がふたりあらわれました。

「エミリーとアンよ」と、ポリーがいいました。

パイパーさんは、ふたりのまえでも、バスをとめて、のせてあげました。ふたりは、まどぎわのせきにこしかけました。

「あたし、バスになんて、一生《いっしょう》のれないと思《おも》ってた」と、エミリーがいうと、アンも、「とっても楽《たの》しい！」と、いいました。

パイパーさんも、楽《たの》しくなってきました。パイパーさんは、じぶんの動物《どうぶつ》たちが大《だい》すきでしたが、それとおなじくらい、バスに人《ひと》をのせるのも大《だい》すきだったのです。

「動物《どうぶつ》たちとくらせて、バスの運転《うんてん》もできたらなぁ！」と、パイパーさんは思《おも》いました。

それからうしろのせきにむかって、大《おお》きな声《こえ》でたずねました。

「谷間《たにま》の村《むら》までは、あとどれくらいだい？」

「もう村《むら》に、はいってますよ」と、ビリーがこたえました。

パイパーさんは、あたりをきょろきょろ見《み》まわしました。

そこは、とても小《ちい》さな村《むら》でした。白《しろ》いかべの教会《きょうかい》が見《み》えます。川《かわ》のほとりには、古《ふる》い水車《すいしゃ》があり、家《いえ》が二《に》けんと、ガソリンスタンドをかねた店《みせ》が一《いっ》けんありました。

「あそこが、とうさんの店《みせ》」と、ビリーがいいました。「とうさんとじいちゃんがいるよ」

パイパーさんが、バスをとめると、子《こ》どもたちは、ぞろぞろとおりて、パイパーさんといっしょに、店《みせ》にはいっていきました。

10　わが家《や》へかえろう！

そこは、とても古《ふる》い店《みせ》でした。店《みせ》のまんなかに、まきストーブがおいてあって、かべのたなには、工《こう》具《ぐ》やランタン、ゴムながぐつ、まいた布《ぬの》など、いろいろなものがならんでいました。ゆかには、小麦《こむぎ》やさとうがはいったたるや、かごにはいったたまご、むぎわらぼうしがおかれていました。

カウンターのうちがわに、男《おとこ》の人《ひと》がひとり立《た》っていて、ストーブのそばには、おじいさんがふたりすわっていました。それから女《おんな》の人《ひと》が三人《さんにん》、買《か》いものをしていました。

店《みせ》にいた人《ひと》たちは、パイパーさんと子《こ》どもたちのほうをいっせいにふりかえりました。

「ぼくらのとうさんだよ」ビリーが、カウンターの男《おとこ》の人《ひと》に、頭《あたま》をこくりとさげていいました。

「こんちは」ビリーのおとうさんは、パイパーさんにいうと、すぐに子《こ》どもたちにむかって声《こえ》をかけました。「ちびっこがそろって、なにしにきた？」

ビリーは、パイパーさんを見《み》ながら、こたえました。

「ぼくたち、このおじさんをあんないしてきたんだ」

すると、買《か》いものをしていた女《おんな》の人《ひと》がいいました。

「メアリー、ジョージ。るすばんしてな

さいって、いったわよね？」

べつの女《おんな》の人《ひと》もいいました。

「あら、アンディ。あんた、まきわりはおわったの？」

「まだ」と、アンディはこたえました。「でもさ、バスにのってみたくて」

「バス？　なんだい、バスって？」

パイパーさんは、カウンターのほうへ、一歩《いっぽ》ふみだして、名《な》のりでました。

「わたしのバスのことです。わたしは、ハイラム・パイパーといいます。数日《すうじつ》まえ、あらしの日《ひ》に、山《やま》の上《うえ》で立《た》ちおうじょうしたときに、空《あ》き家《や》を見《み》つけました。それでひとばん、雨《あま》やどりをさせてもらったんですが、それから二《に》、三日《さんにち》、いさせてもらったんです。それでさっき、ビリーくんにあいまして、あそこが、ビリーくんのおじいさんの家《いえ》だとわかったもので……」

「ああ、たしかに。でも、いまはあそこにゃ、だれも住《す》んでませんよ。ねずみいがいはね」と、ビリーのおとうさんがこたえました。

「わたしのねこが、そいつらをなんびきか、つかまえてしまいましたが」と、パイパーさんはいいました。

ビリーが口《くち》をはさみました。

「パイパーさんはね、あの家《いえ》をすっかりきれいにしてくれたんだ。そうじをしたり、庭《にわ》や花《か》だんの雑草《ざっそう》をとったり」

すると、こんどは、ポリーがいいました。

「それに、ねこと、子《こ》ねこと、犬《いぬ》と、チャボを二《に》わ、かってるの。すごーく、いい人《ひと》よ」

ポリーは、パイパーさんの手《て》をとって、にっこりほほえみました。

「ぼくたち、パイパーさんがすきなんだ。だって、あそこからここまで、バスにのせてくれたんだもん」と、ヘンリーもいいました。

「だが、どうしてバスなんかにのってるんです?」と、ビリーのおとうさんがききました。

「わたしは、中古《ちゅうこ》のバスをもっていまして、きゅうかをとって、ここまできたんです。犬《いぬ》とねこが一《いっ》ぴきずつに、それから、子《こ》ねこが四《よん》ひき、それとチャボのつがいをもらってくれる人《ひと》をさがしていたんですが、もう、かえらなければなりません。みなさんのなかで、もらってくださるかたは、いらっしゃいませんか？」

と、パイパーさんはたずねました。

ビリーのおとうさんは、首《くび》をよこにふっていいました。

「うちには、もうじゅうぶんすぎるほど、犬《いぬ》やねこがいるからな」

「でも、チャボはいないんじゃない、とうさん？」と、ビリーがいいました。

「うちのおんどりと、けんかするだけだ」

パイパーさんは、ためいきをついていいました。

「そうですか。では、もう行《い》かなくては。でも、そのまえに、あの家《いえ》をつかわせてもらった分《ぶん》の、お金《かね》をはらいたいのですが」

するとストーブのそばにすわっていた、おじいさんのひとりがいいました。

「金《かね》はいらん。庭《にわ》の手入《てい》れをしてくれたといったな、それでじゅうぶんじゃ。むかしは、じぶんでやっとったが、からだがきかんようになっての。だれも、あそこまでのぼって、手入《てい》れをしてくれるような、ひまなやつはおらんのじゃ」

「いい家《いえ》なのに」と、パイパーさんはいいました。「できることなら、わたしが住《す》みたいくらいです。でも、ざんねんながら、できません。食料《しょくりょう》を買《か》って、ガソリンをいれたら、かえります」

パイパーさんが食料《しょくりょう》をえらんでいるあいだ、ビリーのおとうさんがバスにガソリンをいれてくれました。パイパーさんは、代金《だいきん》をはらおうと、カウンターへいって、さいふをひらきました。

ところが、さいふのなかをのぞいたとたん、パイパーさんは、ドキッとしました。なんと、一《いち》ドルさつが、一《いち》まいしかはいっていなかったのです！

「どういうことだ!?　お金《かね》は、どこへ行《い》ってしまったんだろう？」

パイパーさんの頭《あたま》のなかで、いろいろなことがぐるぐるとかけめぐりました。

たった一《いち》ドルでは、町《まち》へもどれません。

店《みせ》にいた人《ひと》たちは、じっとパイパーさんを見《み》つめていました。

「お、お金《かね》がたりません！」パイパーさんは、しぼりだすかのように、やっとそういいました。

「なくしたのかい？」と、ジョージのおかあさんがききました。

「いや、きっとつかってしまったんです。わたしとしたことが、のこっているおさつが、十《じゅう》ドルさつだとばかり思《おも》っていました。しかし、こいつは、一《いち》ドルさつだ！」

いったい、どうしたらいいのでしょう？　お金《かね》をかせがないと、町《まち》へはかえれません。

「も、もうしわけないですが、このあたりで、なにか、お金《かね》がもらえるような仕《し》事《ごと》はありませんか？」パイパーさんは、みんなにたずねました。

「牛《うし》のちちはしぼれるかい？」ビリーのおとうさんがいいました。

パイパーさんは、首《くび》をよこにふりました。

「ほし草《くさ》をかるのは？」と、アンディのおかあさんがいいました。「あたいらは、よくやってるよ」

「できません。……というか、やったことがないもので。やらせてもらえるなら、がんばってみますが……」

「じゃあ、なんだったらできるんだい？」ビリーのおじいさんがききました。

「わたしができるのは、バスの運転《うんてん》だけです。その仕事《しごと》があるので、町《まち》へかえらなければならないんです。わたしは、バスの運転手《うんてんしゅ》ですから」

「ここじゃ、バスの運転手《うんてんしゅ》はいらんしなあ」と、ビリーのおとうさんがいいました。

すると、ビリーが声《こえ》をあげました。

「そんなことないよ！」

「どうしてだい？」と、ビリーのおとうさん。

「ぼくたちを学校《がっこう》へのせてってくれればいいんじゃない？　そしたら、ぼくたち、まいにち何時間《なんじかん》も歩《ある》かなくてすむもの。学校《がっこう》は、あさってからはじまるし」

するど、ほかの子《こ》どもたちも、いっせいにしゃべりだしました。

「そうだよ！　学校《がっこう》までバスで行《い》きたい」

「みんなで、バスで行《い》くんだ！」

「ねえ、いいでしょ？」

すると、おかあさんのひとりがいいました。

「でも、運転手《うんてんしゅ》さんがいても、かんじんのバスがないでしょ？」

「パイパーさんがもってるよ。ほら、外《そと》を見《み》て！　あのバスで、パイパーさんが、ぼくたちを学校《がっこう》までつれてってくれるよ」と、ビリーがいいました。

おかあさんたちは、顔《かお》を見《み》あわせ、うなずきました。

「いいかんがえね」と、ジョージのおかあさんがいいました。「もし、バスがあったら、雨《あめ》の日《ひ》とかに、男《おとこ》たちが学校《がっこう》まで車《くるま》でおくっていかなくてすむもの」

「そうね。それに天気《てんき》がよくたって、小《ちい》さい子《こ》が歩《ある》くには、とおすぎるし」と、アンディのおかあさんもいいました。

ビリーのおじいさんは、なにもいいませんでしたが、となりにいた、もうひとりのおじいさんがいいました。

「なんでも楽《らく》をしようとしたら、いかん。わしらのころは、みな、歩《ある》いておったわい」

「そんなの、時代《じだい》おくれよ。いまどきの子《こ》は、バスにのって学校《がっこう》へ行《い》くものよ」と、アンディのおかあさんがいいました。「ただ、もんだいは、バスの運転手《うんてんしゅ》さんのおきゅうりょうを、だれが、どうやってはらうかよ」

「うちは、お金《かね》はだせないけど、たまごとぎゅうにゅうならあげられるわ」と、ジョージのおかあさんがいいました。

「うちも、この店《みせ》の食料品《しょくりょうひん》なら、すこしは……」と、ビリーのおとうさんもいいました。

ビリーのおじいさんもいいました。

「わしの家《いえ》に住《す》んでもらってもええぞ。それにみんな、金《かね》だって、すこしははらえるだろう。人間《にんげん》、金《かね》はひつようだ」

「ふむ。もし、みんながそうするなら、わしは、ガソリンをわけてやってもいいが」さっきの、もうひとりのおじいさんが、すこしふまんそうにいいました。

「そしたら、だれも、わしのまごは、バスにのせん、といえんだろうからな」

エミリーとアンが、そのおじいさんのところへ走《はし》っていって、だきつきました。

「おじいちゃん、ありがとう！」

パイパーさんは、みんなの話《はなし》をききながら、おどろいたのと、うれしいのとで、なにもいえませんでした。

みんなは、パイパーさんがなんとへんじをするか、かたずをのんで見《み》まもりました。

するとビリーのおじいさんが口《くち》をひらきました。

「さあ、おわかいの。どうするね？　うちらのちびっこを学校《がっこう》まではこんでくれるかね？」

パイパーさんは、どぎまぎしながらいいました。

「い、いいのでしょうか？　どれくらい、ここにいたらいいのでしょう？　もうあまりながいこと、町《まち》での仕事《しごと》は休《やす》めないもので……」

「いたいだけ、いてよ！」と、ビリーが声《こえ》をあげました。

「そういうことじゃ」と、ビリーのおじいさんもいいました。

パイパーさんは、しばらくなにもいえませんでした。それからやっと、ぼそりといいました。

「あのう、いたいだけというのは、買《か》いものの代金《だいきん》をはらいおえるまでということでしょうか？　それとも……あそこにずっと、住《す》んでもいいということでしょうか……?」

「きまってますよ。あなたがいたいなら、すきなだけ、あの山《やま》の上《うえ》の家《いえ》に住《す》んでくださいい」と、ビリーのおとうさんがいいました。それからバスのなかでまっている、動物《どうぶつ》たちのほうをふりかえりました。

パイパーさんは、みんなのにっこりした顔《かお》を見《み》まわしました。

「あの家《いえ》に住《す》める! それに、このまま動物《どうぶつ》たちとくらせる!」パイパーさんは、心《こころ》のなかでさけびました。

「そ、そうします!」というと、パイパーさんはさいふの一《いち》ドルさつをとりだしました。

「これで、でんぽうをうたせてください。いや、手紙《てがみ》をかこう。そのほうが安《やす》い」

パイパーさんは、切手《きって》とふうとうを買《か》い、カウンターをかりて、バス会社《がいしゃ》の社《しゃ》長《ちょう》あてに、こんなてがみをかきました。

ついに家庭《かてい》のもんだいが、かいけつしました。もうしわけありませんが、わたしは、もう町《まち》へはもどりません。山《やま》の村《むら》でくらすことにしました。

ハイラム・パイパー

パイパーさんは、大家《おおや》のおかみさんのことも思《おも》いだし、おなじように、手紙《てがみ》をかきました。

もう、そちらにはもどりません。
お元気《げんき》で。
かんしゃをこめて

ハイラム・パイパー

ついしん　部屋《へや》のテレビは、さしあげます。

パイパーさんは、はればれとした顔《かお》でいいました。

「これですべて、かたがついた。さあ、わが家《や》へかえろう！」

パイパーさんは、このときはじめて、「わが家《や》」といいました。あの山《やま》の上《うえ》の、いごこちのいい家《いえ》を思《おも》いうかべながら。

「あさってから、子《こ》どもたちを学校《がっこう》へつれていけるように、さっそくじゅんびしますす」と、パイパーさんはいいました。

「そしたら、もうひとつ」と、ビリーがいいました。

「なんだい？」と、ビリーのおとうさんがききました。

「パイパーさんのバスって、みどり色《いろ》でしょ？　でも、ふつう、スクールバスって、黄色《きいろ》いよね」

「こまかいことに、こだわるやつだな」

でも、それをきいて、パイパーさんはいいました。

「いえ、たしかに。では、黄色《きいろ》にぬりましょう。じゃあ、ペンキを買《か》わなくては。あ、ただ……その……いまは、お金《かね》がありません」

「いや、まて」と、ビリーのおとうさんがいいました。「ほら、ここに、でっかい黄色《きいろ》のペンキのカンがある。たぶん、このたなにおいてから……かれこれ五年《ごねん》だ。ちっとも売《う》れなくてね。色《いろ》が、はですぎたんだ」

「そんなの、どうしてしいれたんだ？　だれも、家《いえ》を黄色《きいろ》にぬりかえたりせんぞ」ビリーのおじいさんが、ばかにしたようにいいました。

「そもそも、ここらへんのものは、家《いえ》をぬりかえたりせんよ」エミリーとアンのおじいさんも、ばかにしたようにいいました。

「だから、ほら、バスにぴったりじゃないか。さ、パイパーさん、どうぞ」ビリーのおとうさんはそういって、黄色《きいろ》のペンキのカンをさしだしました。

パイパーさんは、ペンキをうけとると、のこったお金《かね》で、はけを買《か》いました。それから、よろこびいさんで山《やま》の上《うえ》のわが家《や》へ、バスにのってもどっていきました。もちろん、子《こ》どもたちをとちゅうでおろしていきながら。

わが家《や》へついたパイパーさんは、バスのとびらをあけました。すると、まっさきにバスターと、ねこのおくさんがとびおりました。つづいて、ちびのマックとおくさんも。

「これからは、ここがわたしたちの家《いえ》だ！」と、パイパーさんは動物《どうぶつ》たちにいいました。

でも、動物《どうぶつ》たちは、たいしておどろいていないようでした。

「そうなるって、知《し》ってたもの」と、いわんばかりのそぶりです。

パイパーさんは、バスのなかのテーブルやいすを、家《いえ》のなかにはこびこみました。たなには、おさらをならべ、ポットとフライパンをストーブにのせました。

それから毛布《もうふ》をベッドにひろげました。

「もう、すっかりわが家《や》だ」と、パイパーさんはいいました。

そのとき、家《いえ》のうらてから、「コッコッコッコケッ！」という大《おお》きな声《こえ》がきこえてきました。

いったいなにがあったのか見《み》にいくと、納屋《なや》のにわとりの巣箱《すばこ》に、マックのおくさんが、もうすわっていました。

「コッコッコッコケッ！」マックのおくさんは、またなきました。

「ん？　たまごをうんだのかい？」と、パイパーさんはききました。「よかったね。いいことだよ。でも、なんだってそうやって、けたたましくなくんだい？」

パイパーさんは、マックのおなかの下《した》に手《て》をつっこんで、たまごをさぐりました。すると、マックのおくさんは、おこったようにパイパーさんの手《て》をつつきました。

「わかった、わかった。とったりしないよ」パイパーさんは、わらっていいました。「こいつは、ひなにしたいんだね？　それなら、ゆっくりあたためなさい。だが、もうわたしをよばないでおくれ。まだまだやることが、たくさんあるんだから」

パイパーさんは、それからすぐにバスのせいびにかかりました。このバスが、スクールバスになるのなら、こしょうしないようにしなければなりません。

まずは、バスのなかと外《そと》をきれいにあらいました。それからまどをみがき、エンジンの手入《てい》れをして、ブレーキもかくにんしました。スクールバスは、安全《あんぜん》がだいいちです。さいごにバス全体《ぜんたい》を黄色《きいろ》にぬって、りょうがわに「スクールバ

ス」と、かきました。

スクールバスが出発《しゅっぱつ》するさいしょの日《ひ》は、まぶしいくらいにいいお天気《てんき》でした。パイパーさんは、あさはやくおきて、動物《どうぶつ》たちにえさをやると、せいふくをきて、ぼうしをかぶりました。そして、運転《うんてん》せきにすわると、バスターも、とびのってきました。

あさひにかがやく黄色《きいろ》いバスが、山《やま》をおりていきます。そして、一《いっ》けん一《いっ》けん、家《いえ》のまえでとまっては、男《おとこ》の子《こ》や女《おんな》の子《こ》をのせていきました。子《こ》どもたちは、わくわくしてせきにすわり、谷間《たにま》の学校《がっこう》へむかいました。
パイパーさんは、歌《うた》をうたいました。

かわいい　あの子《こ》が　やってくる！
丘《おか》を　こえて　元気《げんき》よく！

すると、子《こ》どもたちも声《こえ》をあわせて、いっしょになってうたいました。

かわいい　あの子《こ》が　やってくる！
丘《おか》を　こえて　元気《げんき》よく！
シュッシュッ　ポッポと　きてき　ならしつつ
かわいい　あの子《こ》が　やってくる！

そのあと、バスのなかは、しばらくしずかになりました。パイパーさんは、耳《みみ》をすましました。きっとうしろのせきから、子《こ》どもたちの楽《たの》しいおしゃべりがきこえてくるだろうと、思《おも》ったのです。

ところが、なにもきこえてきません。

と、とつぜん、また子《こ》どもたちの大《おお》きな歌声《うたごえ》がきこえてきました。

パイパーさんの　バスが　やってくる！
山《やま》を　おりて　元気《げんき》よく！
ブーブー　ブルンブルン　エンジン　ならしつつ
ぼくらの　バスが　やってくる！

おわり

【訳者】

小宮 由（こみや ゆう）

1974年、東京に生まれる。大学卒業後、児童図書出版社に勤務。

その後、留学をへて、子どもの本の翻訳・編集に携わる。

東京・阿佐ヶ谷で、家庭文庫「このあの文庫」を主宰。

訳書に、『かもさん、なんわ？』『やさしい大おとこ』『ルイージといじわるなへいたいさん』（以上徳間書店）『さかさ町』『せかいいちおいしいスープ』「テディ・ロビンソン」シリーズ（以上岩波書店）『ちいさなメリーゴーランド』（瑞雲舎）『たんじょうびおめでとう！』（好学社）など多数。

【パイパーさんのバス】
MR.PIPER'S, BUS
エリナー・クライマー作
クルト・ヴィーゼ絵
小宮 由訳

144p, 22cm, NDC933

パイパーさんのバス
2018年2月28日　初版発行
2024年12月5日　4刷発行

訳者：小宮 由
装丁：百足屋ユウコ（ムシカゴグラフィクス）
フォーマット：前田浩志・横濱順美

発行人：小宮英行
発行所：株式会社 徳間書店
〒141-8202　東京都品川区上大崎3-1-1　目黒セントラルスクエア
Tel.(03)5403-4347(児童書編集)　(049)293-5521(販売)　振替00140-0-44392番
印刷：日経印刷株式会社
製本：大口製本印刷株式会社
Published by TOKUMA SHOTEN PUBLISHING CO., LTD., Tokyo, Japan.　Printed in Japan.

ISBN978-4-19-864574-8

徳間書店の子どもの本のホームページ　https://www.tokuma.jp/kodomonohon/